猿島六人殺し
多田文治郎推理帖

鳴神響一

猿島六人殺し

多田文治郎推理帖

【主要登場人物】

多田文治郎　二十六歳。後に書家、漢学、儒学の碩学、洒落本の戯作者として名を馳せる沢田東江。後年、幕府の依頼で朝鮮通信使の御書法印を篆するなどの才を発揮。「柳橋の美少年」と呼ばれる好漢。

宮本甚五左衛門　二十代なかば。浦賀奉行所与力。文治郎の学友。

稲生下野守正英　四十代なかば。幕府の目付役。のちに勘定奉行。

石渡孫右衛門　相州公郷村名主。石渡家は鎌倉時代から続く名家。

松平玄蕃信望　八十四歳。旗本の隠居。駿河守。五代綱吉から九代家重にわたり側近を務める。

杉本右近　三十四歳。浪人と称している屈強な男。

林転入門入　二十八歳。囲碁棋士。将軍に召される御城碁をつとめる四家のうちの林家七世家元。

二代目大谷廣次　四十一歳。歌舞伎役者。屋号は駿河屋。『曽我物語』の河津三郎が当たり役。

佐吉　五十前。猿島茶寮を所有する銚子の廻船問屋外川屋の手代。

タカ　三十前。京橋の八百物問屋「常磐屋」の妾。

猿島茶寮見取図

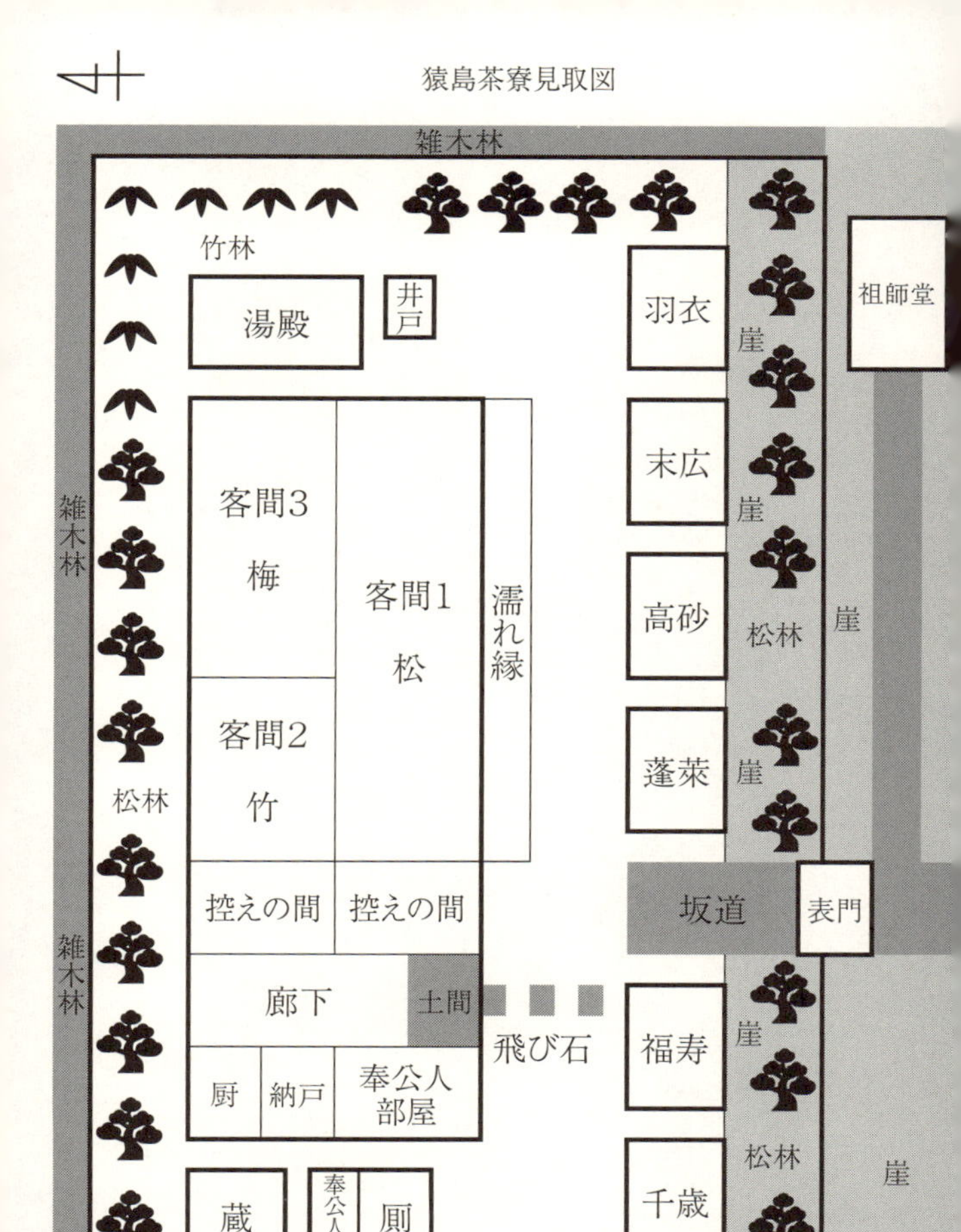
雑木林
竹林
湯殿
井戸
羽衣
祖師堂
崖
末広
客間3
梅
客間1
松
濡れ縁
高砂
松林
客間2
竹
蓬萊
松林
控えの間
控えの間
坂道
表門
廊下
土間
飛び石
福寿
厨
納戸
奉公人部屋
松林
千歳
蔵
奉公人厠
厠
雑木林

目次

第一章　お祖師さまの霊地

1

水無月が終わろうとしていた。

空はよく晴れて、右手の内海（東京湾）の遠くには上総の陸地が緑色に延びている。

多田文治郎の江ノ島、鎌倉見物の旅は終わりに近づいていた。

昨夜泊まった小坪の継立場を早朝に発ち、西浦賀道（鎌倉道）を辿って、大津で東浦賀道（金沢道）へ出たのは、朝四つ（午前十時）頃だった。

後に沢田東江の名で、書家として、漢学、儒学の碩学として、また、洒落本の戯作者としても世に知られる文治郎である。公儀の依頼で蔵書印の篆文の揮毫をなし、朝鮮通信使の御書法印を篆すなど活躍の幅は広かった。書では多くの弟子を育て、東江流と呼ばれた一派は江戸中を席巻した。だが、いまはまだ二十六を数える無名の浪人者に過ぎない。

（もうすぐ米ヶ浜のお祖師さまだ……）

日蓮宗猿海山龍本寺は庶民に人気のある寺院だった。「米ヶ浜のお祖師さま」と呼ばれて、その名は江戸にもひろく知られていた。ここまで来たからにはお参りしてゆかない手はない。

　左手に大きくはないが、青銅葺(あおぶ)きの立派な屋根が見えてきた。

　ところが、潮風が吹き渡る米ヶ浜には人だかりがして、なんだか騒々しい。

「怖(こわ)いやねぇ……ほんとにさぁ」

「なんだかひどい死にざまだってことだべ」

「こいつは猿島さまの祟(たた)りに違いねぇ」

「いいや、春日さまの天罰だんべ」

　文治郎は浜の手前の松林で歩みを止めた。

「おいっ、村の者たち」

　一重羽織の紋付きに袴(はかま)をつけた役人らしい若い武士が声を張り上げた。

「猿島の一件については、まだ何もわかっておらぬ。余計な噂話(うわさばなし)は許さぬ。いたずらに騒ぐと、厳しい罰を受けることになるぞ」

　武士が強い口調で叱りつけた。

「へえ……お役人さま、申し訳ないことで」

人波の中から、年かさの漁師らしき男たちが頭を下げて答えた。

「検分が済むまでは誰も島へ近づいてはならぬ。よいな」

「あいわかりました……」

息を吐く若い侍の顔を見て、文治郎は駆け寄っていった。

「甚五左衛門（じんござえもん）じゃないか」

若侍はびくんと身体を震わすと、文治郎の顔を見て驚きの表情を浮かべた。

「おお、おぬし文治郎ではないか」

「やっぱり宮本甚五左衛門だ。これは奇遇だな、なぁ甚五左衛門よ」

「いちいち名を呼ぶではない」

甚五左衛門は顔をしかめた。昔から年寄り臭いこの通称を嫌っているのだ。甚五左衛門は、昨年家督を継いで、浦賀奉行所与力の職に就いていた。

享保五年（一七二〇）に下田から移ってきた老中支配の浦賀奉行所は、内海に出入りする船をあらためる任をになっている。さらに、ここ三浦郡の御料所（天領）の民政もその職務に含まれていた。十二騎の与力は世襲だが、八十石取りの下級武士であった。

甚五左衛門は文治郎と正反対に、色浅黒く精悍な面構えの持ち主である。黙っていると怒っているようにも見える。だが、笑って眼が細くなると、人のよさ丸出しという顔つきを見せる男だった。

「したが、なんでおぬしがこんなところにおるのだ」

甚五左衛門は不思議そうに眉を寄せた。

「江ノ島、鎌倉見物のついでに、米ヶ浜のお祖師さまにお参りに来てな」

文治郎は龍本寺の青銅屋根を指さした。

「柳橋の美少年よ。いいな、おぬしは気楽な身分で。また、どこぞのいい女に貢がせてるんだろう」

甚五左衛門は本気とも冗談ともつかぬ顔つきで笑った。

書を教えて得た稼ぎを注ぎ込んで、もう何年も文治郎は吉原で派手に遊んでいた。神田川の河口に掛かる柳橋のたもとに住んでいることにちなんで、遊妓たちは「柳橋の美少年」ともてはやしていた。だが、もはや少年という年でもない。

「おいおい、人前だぞ。滅多なことをいうもんじゃない」

たしかに今回の旅の費用も親しくしている若後家から小遣いとしてもらったものだ

った。ただ、その女には書を教えているのであって男と女の間柄ではない。

「はははは、冗談だ」

「それよりこれは何の騒ぎなのだ」

「猿島で人殺し騒ぎさ」

「大きな騒動なのか」

「ああ、六人も殺されてるんだ」

甚五左衛門はうそ寒い声を出した。

「そりゃ大ごとだ」

文治郎は息を呑(の)んだ。

「なきがらを見つけたのはこの公郷(きみさと)村の者たちで、名主がさっそく浦賀奉行に届け出た。何の因果か、拙者に検分のお役目が回ってきたというわけさ」

「そりゃおつとめご苦労だな」

「ああ、とんだ貧乏くじだ……」

甚五左衛門は文治郎の顔を見て、にやっと笑った。

「ところで、文治郎。おまえ暇なんだろう」

「暇ってわけじゃないよ。これから杭州西湖に似るという金沢八景を眺めに行くところだ。『洲崎晴嵐』やら『野島夕照』やら、その名を聞くだけでもウズウズしてくるじゃないか」

甚五左衛門はあきれ顔で文治郎を見た。

文治郎は自分でも物好き（好奇心）が抑えられない性質（たち）だった。景色でも音曲でも芝居でも、おもしろいとなると我を忘れて食いついてしまう。今回の旅も血の騒ぐ景色だらけだった。新しいものに触れられる機会は、いつだって嬉（うれ）しい。

去年の秋には、江戸のあちこちにある「時の鐘」の音色の違いが気になって、夜も眠れなくなったことがあった。

腰に弁当を下げ三日ほど掛けて、本石町、上野寛永寺、芝切通し、市ケ谷八幡、赤坂円通寺、目白不動尊、浅草寺、本所横堀、四谷の天龍寺と江戸中を廻って、その音色の違いを心ゆくまで比べた。鐘の音自体はそう違わないが、街中なのか田んぼの中なのか、近くに山があるか否かなどで、響き方はまったく異なることを知った。

こういう話を聞き知った知人は、文治郎を変人扱いするが、本人はいたって大まじめだった。

「そういうのを暇っていうんだ」

「よい景色と聞くと我慢ができぬ」

「酔狂は後回しにして、どうだ、拙者と一緒に島に渡ってくれぬか」

「いま、検分が済むまでは誰も島へは近づくなといい張っていたではないか」

「いや、おぬしに検分を手伝ってほしいのよ」

「わたしは浪人だぞ」

浪人は制度上は町人扱いである。

「今日だけ浦賀奉行所の下役に雇ってやる」

「そいつはありがたいな。だがな、わたしは別に金に困っているわけではない」

憤然と答えると、甚五左衛門は急に気弱に眉を寄せて言葉を続けた。

「拙者の頼み方が悪かった。なにせ、文治郎は蘭台先生門下では抜群の切れ者だ。その才分を見込んで頼みたいのだ」

二人は築地の儒学者、井上蘭台のもとで机を並べて学んでいたことがあった。

「いまさら、おだてたって遅いぞ」

「おぬしは儒学、漢学ばかりか、さまざまな学問に通じているではないか」

「森羅万象あらゆることに関心があるのさ。何なら本草（博物学）でも、本道（内科医術）でも師について学びたいくらいだ。だが、なかなか食って行く道がない。そこへゆくと、漢学や儒学なら身を立てられるからな」

「やはり、血を見る外科は苦手と見えるな」

甚五左衛門はにやっと笑った。

「いちいち余計なことを申す奴だな」

「その上、おぬしは殺しについては、さまざまな難しい謎をいくつも明らかにしてきたではないか。ほら、火盗の山岡さまに頼まれて……」

文治郎は、番町に住む火付盗賊改方頭の山岡五郎作景之と懇意にしていた。それがために、景之から事件について相談を受けて謎解きを手伝うことも少なくなかった。また、殺しのあった場所に赴くこともしばしばだった。火盗方で扱う難事件の解決に寄与してきたことは間違いがない。

「此度（こたび）の騒ぎは実に面妖でな。拙者一人では荷が勝ちすぎるのだ」

甚五左衛門は気を引くような口ぶりでいった。

「ほう、面妖と申すと」

「なきがらが見つかったのは、今朝早くなのだが、それが実に不思議でな……」

急に甚五左衛門は小ずるい顔になって首を振った。

「いやいや、おぬしには関わりのない話だった。すっかり話し込んでしまった。文治郎、また会えるといいな。おい、小吉、捨蔵、そろそろ参るぞ」

「へいっ」「わかりやした」

二人の小者が答えると、甚五左衛門は袖をひるがえした。

「ま、待てっ。わかった。下役に雇われてやるから、その不思議な話というのを聞かせてくれ」

甚五左衛門は振り返ってにやっと笑った。

「ほう、その気になってくれたか」

「まんまと、おぬしの罠にはまったような気がするが……」

「まぁ、よいではないか。この浜は暑い。まずは船に乗ろうではないか。島でゆっくり話す」

甚五左衛門が指さす磯には小さな波戸（桟橋）が設けられており、一艘の小舟がもやってあった。

波戸には羽織袴をきちんと身につけた一人の初老の町人と、菅笠をかぶり手甲をつけた若い娘が立っていた。

「これは宮本さま、ご足労をお掛けして恐れ入ります」

初老の男が甚五左衛門に向かって丁重に辞儀を述べた。

「ああ、造作を掛けるな。こちらは諸学に通じている多田文治郎どのだ。拙者の学友でな。一緒に猿島を検分する」

「公郷村名主の石渡孫右衛門でございます」

四角い顔に太い眉が目立ち、厚い唇はどこか笑みをたたえているように見える。帯刀はしていないものの、孫右衛門は長者の風格が漂い、名主にふさわしい貫禄がある。

「あ、はい。わたしは今日一日だけの下役ですので」

「よろしくお願い申します」

孫右衛門は柔和な笑みを浮かべて頭を下げた。

「おぬしが漕ぎ手か」

甚五左衛門が声を掛けると、娘は笠をとっていくぶん緊張した表情で答えた。

「へえ、涼（りょう）でございます」

まだ若い。十六、七だろうか。真っ黒に日焼けした顔の中で、大きな瞳が目立った。引き締めた唇に勝ち気な性分が感じられる。

「村の漁師の娘です。若いですが、たしかな漕ぎ手でございます。まぁ、目と鼻の先の猿島です。四半刻の半分くらいで着きますので間違いもありますまいが」

「よろしく頼む。ところで、この舟には何人が乗れるのだ」

「五人がいっぱいでございます」

「わかった。では、小者たちは浜に残してゆく」

「もう一艘出しましょうか」

「いや、それには及ばぬ。どうせ小者などはものの役には立たぬ。さ、皆、舟に乗るぞ」

先に乗り込んだ甚五左衛門の言葉に従って、文治郎、孫右衛門は胴ノ間に座った。

お涼はもやい綱を解くと、艫（とも）に立って桟橋を棹（さお）で突いた。舟はすっと浜を離れた。

目の前の青い海上にぽつんと緑の島が浮かんでいる。四角い感じの島で、いちばん高いところでは十丈（約三十メートル）くらいはあろうか。

「あの島が猿島と呼ばれるようになったいわれを知っているか」

甚五左衛門が島を見つめながら訊いた。

「日蓮聖人が布教のために房州から舟で鎌倉を目指したときに、海が荒れて生命からがらあの島にたどり着いた。そこへ一匹の白猿が近づいてきて、聖人の法衣の袖を引き、米ヶ浜近くの岬を指した。聖人は白猿の指示した岬へ舟を向けて助かった、というような話ではなかったか」

文治郎はおぼろな記憶から答えた。

「さすがは文治郎だ。だが、その話には続きがあってな。岬近くはひどい浅瀬で舟は進めず、聖人は苦慮していた。そこへ公郷村の村人が舟に歩み寄って聖人を背負い、陸までお連れした。このときの村人の裔が石渡孫右衛門なのだ」

「石渡家は鎌倉の昔から続いているのですか」

文治郎は驚いて孫右衛門の顔を見た。

「さようでございます。その村人は遠いわたくしの祖先、石渡左衛門尉でございます。左衛門尉は聖人に深く帰依いたしまして法華信者となりました。さらに米ヶ浜に御浦法華堂と申す草庵を建てました。この草庵が後に龍本寺となったのでございます」

「で、それまで豊島と呼ばれていたあの島を、誰いうとなく猿島と呼ぶようになったそうだ」

甚五左衛門の言葉に、孫右衛門は大きくうなずいて話を続けた。

「その頃からずっと猿島は我が公郷村の鎮守でございます。昔から神の棲まい給う土地として、人が住んだり島のものをみだりに持ち出すと祟りがあるとして、島に近づく者はおりませんでした。さらにありがたいことに、村の者たちが勧進を続けたおかげで享保二年（一七一七）に島の北側に春日大社が分社されました。以来、わたくしども公郷村の者は春日大社の氏子となっております。年にただ一度、水無月大祓（六月三十日）の例祭の日だけは氏子たちが島に渡って祭を催しておりました」

「大祓というと今日ですね。でも、なぜ誰も住んでいない猿島で六人もの人が殺されたのですか」

素朴な疑問だった。

「それが……」

孫右衛門は気まずそうにうつむいた。

「拙者から話そう。この孫右衛門の先代の頃の話だ。銚子の廻船問屋、外川屋惣右衛門（もん）という者が島の南側の土地を借り受けた。外川屋は祖師堂と立派な寮（別荘）を建ててしまった。名目上は日蓮救難の地に祖師堂を祀（まつ）るというもので龍本寺も賛同した。さらに外川屋はご公儀にも顔が利（き）いた。公郷村の村民は神の棲む土地を汚すと怒ったが、どうにもならなかったんだ」

「はい、ご公儀や春日大社さま、龍本寺さまもご同心では、わたくしの父も異を唱えることができなかったようで……」

孫右衛門は歯切れ悪く言葉を呑み込んだ。

「銚子の廻船問屋というと、扱っていたのはおもに陸奥国の米だな」

文治郎の問いに甚五左衛門は得たりとばかりにうなずいた。

「ああ、廻船で運んだ陸奥の廻米（かいまい）を銚子で川舟に積み替えて利根川を遡（さかのぼ）り、江戸川、新川、小名木川を通って江戸に運ぶんだ。この船路（ふなみち）を『内川廻（まわ）し』っていっている。小名木川と中川が合流するあたりに船番所があって、若年寄支配の中川番衆が荷を改めている。銚子の廻船問屋となると、日本橋の小網町あたりにも店（たな）を持っていることが多いな」

浦賀奉行所は内海に入る廻船の荷改めを本務とする。甚五左衛門はさすがに船運に詳しい。

「しかし、銚子の廻船問屋が、どうして相州の猿島に寮なんて作ったんだ」

文治郎は素朴な問いを発した。

「なんでも、初代の惣右衛門は、もともと、浦賀近くの出で、米ヶ浜のお祖師さまに願掛けをして裸一貫からのし上がった男と聞いています。かつては浦賀にも店があったそうですな」

「ちょっと前までは『大廻し』って船路が盛んだった。陸奥から南下してきた廻船は銚子に寄港した後、黒潮を大回りしていったん伊豆の下田へ入るんだ」

「そりゃ、ずいぶんと大廻りだな」

「ああ、下田からは陸沿いを地乗りで江戸へ上ってくるのだが、このとき浦賀を通る。銚子から江戸まで来るのに時が掛かりすぎるので徐々に廃れてきたがね」

「話の腰を折ってすまなかった。猿島に建てられた寮について、もっと詳しく教えてくれませんか」

「惣右衛門は浦賀育ちだけに、最後には隠居所にするつもりだったようですな。猿島茶寮(さりよう)と名づけまして浜には船着き場も作りました。それから、しばらくは外川屋が役人や商人を饗応する場所として使われたようでございます」

「まぁ、船を使えば、銚子よりは江戸から近いし、ここは景色もよいしな」

「ところが、初代の外川屋が死んでからは使う者もなく、茶寮も荒れ始めたというわけだ。そこで、外川屋の二代目が、公郷村に幾ばくかの金を払って水無月大祓のおりに渡島する村人たちに掃除や修繕を頼んでいたのだ」

「仰せの通りです」

「水無月大祓の今朝のことだ。まだ夜も明けきらぬうちに公郷村の村人たちが島に渡って猿島茶寮を訪ねたところ……」

「六人が死んでいたというわけか」

「ああ、おまけに、まことに奇っ怪な死に様なのだ。詳しくは島で話すが、まず、村人たちが訪ねたとき、猿島茶寮の門は内側から頑丈な閂が掛けられていた。塀の中には、死んでそう時の経っていない六人のなきがらが残されていた。だが、生きている者は誰一人いなかった。殺した者がドロンと消えてしまったんだ」

「塀を越えて逃げ出したのではないか」

「後で見ればわかるが、猿島茶寮は険しい崖の上に建っており、忍び返しが念入りに植えられた練り塀を越えられる者はまずいない。誰がどうやって殺したものか……」

「たしかに不思議だな。まぁ、実地に茶寮の現場を見ればいろいろなことがわかるだろう」

「頼むよ。蘭台塾の麒麟児よ」

「おいおい、おだてたってダメだよ」

艫で黙って漕ぎ続けるお涼の腕は確かだった。小気味よい艪音とともに舳先が波を切り、猿島はぐんぐん近づいて来る。

背後の空に湧き上がるくっきりとした入道雲が文治郎の目にしみた。

2

こんもりとした照葉樹の濃い緑陰が目の前に迫ってきた。

照葉樹の上には入母屋造りの灰色のいぶし瓦の屋根が光っている。

磯の左端には波戸が設けられ、二艘の小舟がもやってあった。近くの浜には五人の漁師らしい身なりの男たちが肩を寄せ合うように立っていた。

文治郎たちの舟が近づくと、一人の若い漁師が飛び出し桟橋に走り寄ってきた。舳先に立った孫右衛門がもやい綱を放ると、男は素早く受け取り桟橋の杭（くい）に縛りつけた。黙って頭を下げると男は浜へ戻った。

文治郎たちが桟橋に降り立つと、村人たちは黙って次々に頭を下げた。どの男の顔もこわばっている。

「旦那さん、お願いがあるんだけんど」

年かさの男が進み出た。

「なんだ弥五兵衛」

「村の者は、みんな石段の上には行きたくねぇっていってるんで」

「板子一枚下は地獄っていうおまえたちが、そろって臆病風を吹かしてるのか」

孫右衛門は眉をひそめた。漁師たちの弱腰は公郷村の沽券（こけん）に関わると思っているのだろう。

「で、でも、血だらけの仏さまなんぞにはみんな慣れてねぇんで」

「わかった。なにか力の要ることがあったら呼ぶから、それまで浜で待っておれ」

「ありがとうごぜぇやす」

弥五兵衛に続いて四人の男たちも次々に頭を下げた。

「あの、旦那さま」

お涼が澄んだ声を出した。

「おまえは、女だし、ここで待っていていいぞ」

「お客さま方がお戻りになるまで手持ち無沙汰なんで、あたしも皆さまに従(つ)いてっていいでしょうか」

「六人も死んでいるのだ。上で気を失っても、面倒は見られんぞ」

「いいえ、あたしは気絶なんてしません」

お涼は毅然(きぜん)といい放った。

文治郎はあらためてお涼の顔を見た。そんなに気が強そうな顔にも見えないが、両の瞳には強い光が輝いていた。

(どうやら、この娘、俺と同じような性分なのだな)

きっと物好きな女に違いない。

「お役人さまのお邪魔になる。おまえは控えておれ」

「へぇ……わかりました」

孫右衛門がいささか強い口調で決めつけると、お涼は肩を落として頭を下げた。

目の前には、猿島茶寮へと真っ直ぐに長い石段が続いている。

甚五左衛門が先に立って石段を上り始めた。

百段を超えるような石段を半分くらいまで上ってゆくと、目の前に白い漆喰壁の帯が現れた。壁の上には灰色の屋根瓦の帯が横に延びている。

「たしかにこの塀を乗り越えて逃げるのは無理だな」

文治郎の声に、隣で息を弾ませていた甚五左衛門が答えた。

「いったとおりだろう。練り塀の下は断崖だ。仮に屋根の忍び返しを越えたとしてもそのまま三丈（約十メートル）を超える崖下に真っ逆さまだ」

「ああ……。しかしおもしろい造りだな」

塀の内側には斜面に沿って六棟の離れらしき客室が建ち並び、その背後に大きな母屋が見えている。猿島茶寮は斜面の上に平らな敷地を作って建てられているのだった。

右手の高台に、塀と同じ瓦を載せた一間四方くらいの小さな仏堂が建てられていた。

「あれが祖師堂でございます」

孫右衛門が指さした。

「茶寮と比べてずいぶん小さいな」

「要するに祖師堂は名ばかりってことだよ」

文治郎があきれ声を出すと、甚五左衛門はしたり顔で答えた。

「それに比べて茶寮は大きいじゃないか」

「贅沢(ぜいたく)なもんだよ。外川屋って廻船問屋は、浦賀奉行所なんて比較にならんほど金持ちなんだろう」

甚五左衛門は皮肉っぽい口調で答えた。

まもなく一行は、門の前にたどり着いた。

寺院の山門にも似て、灰色のいぶし瓦を載せた高さ一丈ほどの表門であった。

「これは立派なものだ……だが、木扉が破られているな」

「はい、中から閂が掛けられていて、押しても引いても開きませなんだ。そこで、村の者たちが木扉を大槌(おおづち)で叩き割って中へ入ったのでございます」

孫右衛門が門を眺めながらのんびりとした口調で答えた。

「そこまであわてて開ける必要があったのですか」

「はい、掃除に来たら、あれが見えてましたのでな」

孫右衛門は瓦屋根の上を指さした。

青白いものが見える……。

表門の瓦の右端に……それは唇から血を垂らした女の生首だった。

「うわぁあ」

叫んだなり、文治郎の視界が急に昏くなった。

「おいっ、しっかりしろ。文治郎っ」

頬を叩かれて文治郎は、はっと気がついた。

甚五左衛門が身体を抱えてくれていた。

「こ、こんなのは聞いてないぞ……」

文治郎は切れ切れに答えた。

門の瓦から二羽のカラスが、けたたましい鳴き声を上げながら飛び立った。

「申し訳ありません。ご検死が済むまで手をつけてはならぬとのご下命でして」

「当たり前だ。片づけてしまっては何のための検死かわからんだろう。それにしても、文治郎、おぬし武士ではないか。だらしがないぞ」

「生首の門飾りなど見慣れぬだけだ」

「誰だって見慣れぬわ。生首を見るなど、獄門のさらし首くらいしかないであろう」

「さ、では、検分を始めよう」

文治郎は先だってぐんぐんと門の中へ入っていった。

敷地内は短いが急な上り坂になっていた。

坂道の左右には離れの壁が見える。坂を登ると前庭ごしに、瓦を載せた屋根を持つ、数寄屋造りの立派な母屋が姿を現した。

「うわっ」

文治郎はふたたび叫んで飛び跳ねた。

坂道を登った前庭から母屋の戸口に向けて御影石(みかげいし)の飛び石が七つ続いている。その真ん中あたりに後頭部を割られて、両眼が飛び出た男が横たわっていた。

頭のまわりにはどす黒く乾いた血の染みがひろがっている。

敷地の東側へ頭を向けたなきがらは、右手を飛び石に突き出していた。

東側すぐの地面には、何かを燃やしたような小さな焦げが残っていた。

「おいおいしっかりしろよ。初めからいってるだろう。この寮の中じゃ六人が死んでるんだ。見つけたときから手をつけていないから、死んだときそのままの姿だ」

甚五左衛門はむごい姿のなきがらを平然と見下ろしている。

「そりゃわかってるが……」

黒羽織をはおった若い男は頭を丸めていた。

「医者か学者かな……」

甚五左衛門がつぶやいた。

「まぁ、脇差を差しているからにはそのあたりだろう。僧侶が絽羽織（ろばおり）なんて着ているわけはないしな……おや……」

文治郎の眼は男の右手の先に釘づけとなった。

飛び石に二つの血文字が記されている。

――八百
倒れている男が残したものに違いない。

「八百というのが、この男を殺した者の名に違いない」

甚五左衛門は声を弾ませた。

「まぁ、すべてを見てから考えるとしよう」

文治郎はさっさと歩き始めた。

「待てよ。まずは近いところから行こうや」

背中から甚五左衛門の声が追いかけてきたところで、文治郎の目に地に倒れている男の姿が飛び込んできた。

「あそこにもあるな……」

文治郎の声は乾いた。

母屋の左手、厠（かわや）（便所）らしき小屋の手前に黒い影が仰向けに横たわっていた。

「はい、お武家さまでございますな」

孫右衛門が淡々と答えた。

文治郎はそろりそろりとなきがらに近づいて行った。

年の頃は三十代半ばか、引き締まった身体つきの大柄な男だった。

藍（あい）色の地味な無紋の羽織袴を身につけ、大小を束ねている。

ただ、本来は引き締まっているであろう顔にも、短めの首にも、小指の先ほどの赤い斑点がいっぱいに浮き出ている。

文治郎は全身に虫が止まっているようなむずむずとした錯覚をえた。

「蜂やら何やらの虫に襲われたのか」

甚五左衛門の言葉は正しかろう。

ただ、こんな屈強な武士がそうたやすく蜂に刺されて生命を落とすものだろうか。

文治郎には違和感が残った。

「着物のようすからすると、浪人者のようにも見えるな」

甚五左衛門の言葉にも一理ある。男の着物は質素な木綿だし、定紋も見られない。

しかし、月代もきちんと剃り上げてあり、こざっぱりとした身なりだった。

「刀を見てみるか」

文治郎は脇差をなきがらの腰から鞘ごと抜いた。

梨地の黒鞘で無骨だが、それなりに立派なこしらえだった。

ゆっくりと抜いてみる。

十文字鍛えで生まれるきれいな杢目肌が冴えている。

「うん、これはいい刀だな。拙者の差し料とは段違いだ」

甚五左衛門は、感心したように脇差に見入った。

「おそらくは、備中物の古刀だな。これだけの刀となると値も張る。浪人だとすると、貧乏をしても刀だけは手放さなかったということになるな……」

「そういや、文治郎は刀も目利きだったな」

「目利きというほどじゃないさ。刀だけじゃなくて、焼き物だって漆器だって、できのいい細工物だって好きだよ」

「おいおい、武士の魂を焼き物なんかと一緒にするな」

「ははは、わたしは浪人者だ。甚五左衛門とは違う」

文治郎は脇差を鞘に入れて、なきがらに戻した。

続けて腰から矢立を、ふところから帳面を取り出す。

牡丹文様を彫った真鍮の矢立は、文治郎にとって刀よりも大事なものであった。

帳面も表具屋に細かい注文を出してあつらえたもので、小ぶりだが厚手でしっかり作ってあった。

此度の旅の途上でも各所で立ち止まっては、たくさんの覚え書きを残してきた。

「表門に女の生首。母屋の前に石で頭を割られた医者風の若い男、厠の前に備中物と思しき古刀を差した武士らしき三十代半ばの男……」

文治郎はいま見たことを思い浮かべながら、帳面に筆を走らせた。

「覚え書きか」

「ああ、あとで考えをまとめるときに役に立つからな」

さらに文治郎は、簡単な猿島茶寮の見取り図を描き始めた。

「ここに表門、母屋があって、南側に離れが六棟だな」

「おぬしは絵図を描かせたら上手(うま)いもんだな」

「書に比べると、拙(つたな)いがな」

文治郎は、数年前から唐様の書家として名高い高頤斎(こういさい)に師事していた。

「次は、どこだ。孫右衛門」

「真後ろの離れに……これは町人でございますな」

振り返ると、母屋と同じ瓦を載せた離れの客室だった。

幅は二間ほどの小さな平屋の離れで、庭側には引き戸と格子窓が設けられていた。

珍しいことに、引き戸の上に『千歳』という室札が掲げられていた。

「外川屋ってのは優雅な男だね。なかなかいいじゃないか。この離れも洒落ているし、『千歳』なんて部屋の名をつけて札に記すなんて、実に雅(みやび)やかだ」

文治郎はいささか興奮して喋(しゃべ)ったが、甚五左衛門は冷ややかに答えた。

「変なところに感心しているな。中には仏がいるんだぞ」

「そうだった……とにかく見てみよう」

土間に足を踏み入れると、奥から糞尿（ふんにょう）のような異臭が漂ってきた。

死者の臭いである。

半畳ほどの広さを持つ土間の隣には六畳ほどの板の間が敷かれていた。

真ん中に一人の男が頭を海側に向けて仰向けに倒れていた。

男の身体のまわりの板の間に黒く固まった大きな血の染みがひろがっていた。

板の間の向こうには幅一間の腰高窓が穿（うが）たれていた。雨戸は開けられて潮風が吹き寄せている。

軒先に下がった風鈴が涼しげに鳴った。

「小田原風鈴だろうか……」

「まぁ、そんなところだろうな」

旅の途上、江ノ島の土産物屋で売っていた小田原風鈴によく似た鋳物（いもの）の風鈴だった。

隣には実に珍しいものが吊（つる）されていた。

金魚玉である。

びいどろの丸い鉢のなかで、小さな紅（あか）い金魚がのんびりと泳いでいる。

吸い寄せられるように文治郎は板の間を窓際まで進んだ。

なきがらと血の染みを避けるために、部屋の隅を気をつけて歩いた。

「なんて贅沢な趣向なんだ」

甚五左衛門がうなった。

「たしかにな。江戸でも吉原（なか）の大店（おおみせ）のほかでは、なかなか見ないよ」

「まぁ、浦賀の妓楼にゃ、たぶんこんなものはないだろうよ」

文治郎と甚五左衛門は、なきがらそっちのけで金魚玉に見入った。

窓辺に立つと、紺青色の海がひろがっていた。ところどころに白い波頭が光り、海面は綾織物（あやおりもの）のように見えた。

深緑色の陸地が遠くにかすんでいる。

耳を澄ますとかすかに潮騒（しおさい）が聞こえてくる。

窓の下へ目を移すと、何丈もある崖になっていた。

「ここから登ってくるのはやっぱり無理だよ」

「軽業師でもできない相談だな」

甚五左衛門もうなずいた。

窓から顔を出すと、屋根の端にはずらりと忍び返しが植え込まれている。屋根からの侵入も難しそうだった。

この茶寮の離れは、盗人に対して実に念入りな造りとなっていた。高貴な客に安心感を与えるためか、あるいは客同士で物がなくなったなどという騒動が起きることをあらかじめ防ぐためだろう。

「梯子(はしご)を掛ける場所もないな。仮に窓が開いていても入って来られる者はいないだろう」

この茶寮は、斜面を利用して、母屋からも離れからも海が見えるような造りになっているらしい。訪客を歓待するためにかなり無理な建て方を選んでいる。

「なきがらを検分しなくてはな」

甚五左衛門の言葉に励まされるように、文治郎はなきがらを見据えた。

「絽の羽織、縮(ちぢみ)に唐桟帯(とうざんおび)か……芸人みたいな格好だな」

男は絽羽織の下には小千谷縮(おぢやちぢみ)らしいさっぱりとした白地の小袖に古渡唐桟(こわたりとうざん)の小格子帯を締めていた。四十前後で、骨組みが華奢(きゃしゃ)で肩も細い。

「芸人ってのはこんな格好をするものなのか」

「ああ、吉原の男芸者みたいにも見えなくはないな」

　ここ最近になって、吉原では揚げ代を得て生計を立てている男芸者が増えてきた。幇間（たいこもち）とも呼ばれている。

「なるほどね。たしかにただの町人には見えないな」

「さて、傷はどこだろう」

　文治郎はなきがらのそばに屈み込んだ。

　どす黒い血の跡は、首の左側を中心に、肩や胸あたりがいちばんひどかった。

「左首の急所を刺されて、おびただしい血が噴き出したとみえるな」

「ひと突きに殺してるじゃないか。相手は剣術の達人か」

　甚五左衛門は考え深げにあごに手をやった。

「たしかに抵抗したようなようすはない……ところで得物がないな」

　文治郎は室内を何度も見まわしたが、はさみや火箸などの鋭利なものはひとつも見つけられなかった。

「兇徒が持ち去ったのだろう」

「たぶん、そうだろうな」

ここでも、文治郎は覚え書きを残し、見取図を描き続けた。

「さて、ここはもういいか」

きびすを返した甚五左衛門に続いて、文治郎も土間へ下りた。

「次はどこだ」

「はい、真ん中あたりの『高砂』という離れにお武家さまらしいなきがらがございます」

孫右衛門の言葉に従って、文治郎と甚五左衛門は『千歳』を出た。

文治郎たち三人は、庭を東へ進んだ。

「この離れでございます」

孫右衛門が『高砂』と室札の付いている離れの前で立ち止まった。

「焦げ臭いな」

甚五左衛門がいうとおり、あたりにはものが焦げたような臭いが漂っていた。

「こちらの離れでは火が出たようで……」

甚五左衛門が引き戸を開けると、室内からさらに激しい焼け焦げの臭いが襲ってきた。

室内を覗(のぞ)き込んだ文治郎は、板の間に目をやって背中に冷汗が流れ落ちるのを覚えた。

全身が焼けただれたなきがらが、煤で汚れた布団の上に横たわっている。

痩せこけた長身の老人だった。

なきがらは胸の前にあげた両手で空をつかみ、口を大きく開いたまま息絶えていた。

見るに堪えない。

まだらに焼け残っている着物からすると、武士のように見える。

「まるであわてて消した焚き火の跡だな」

甚五左衛門の言葉は的を射ていた。

誰かが水を掛けて救おうとしたのか、なきがらのまわりには黒っぽい灰や焼け焦げた布きれが散乱していた。

だが、身体を襲う灼熱の苦痛のために、老人の心ノ臓は止まってしまったものに違いない。文治郎は、老人の断末魔の叫びが聞こえるような錯覚を感じた。

「おい、甚五左衛門、あれを見ろよ」

「ああ、大変な刀だな」

文治郎たちが驚いたのは、左手に置かれた刀掛けにかかっている大小だった。

黒漆塗りに金高蒔絵（きんたかまきえ）で草木紋が描かれた鞘をはじめ、贅を尽くしたこしらえだった。

「拝見しよう」

文治郎は膝行（しっこう）して刀掛けの前に進み、懐紙を口にくわえて大刀を抜いた。

実に強い地刃を持つ見事な刀である。

金筋、稲妻、地景と呼ばれる働き（鋼の変化）が目を引いた。

「これは相州古刀だろう……」

「本当かい。信じられんな」

新藤五国光、五郎入道正宗などに代表される相州古刀は名刀中の名刀として知られる。当然ながらかなり値も張る。

「大名道具でもおかしくない。なまなかな武士が持てる代物じゃないことはたしかだ」

文治郎は惚（ほ）れ惚（ぼ）れと、青く澄んだ板目肌に見入った。

「されど、大名がこんな島に来るわけはないな」

甚五左衛門は首を傾（かし）げた。

「大身の旗本としても奇妙な話だろう」

大名が自ままに江戸や領国を離れたら改易の憂き目に遭う。また、旗本は将軍を警固する役目を担う。役儀でなければ江戸を離れることはできないし、無断で江戸から旅に出たら、必ずとがめを受ける。

では、この立派に過ぎる刀の持ち主と思しき、黒焦げのなきがらは、いったい何者なのだろうか。

文治郎は、刀を鞘に収めて刀掛けに戻した。

「そもそも、死んでいる連中は、なんでこんな猿島なんて不便なところに集まったんだろうな」

甚五左衛門と同じ疑いは、この島に着く前から文治郎も抱いていた。表門の生首の女、医者らしき若い男、中年の武士、芸人にも見える男。いま、高禄の武士と思われる男のなきがらを見て謎はさらに深まった。

「わからんが、外川屋惣右衛門という廻船問屋が招いたのではないか」

文治郎の言葉に、孫右衛門が遠慮がちに答えた。

「亡くなった六人のなかには、外川屋さんはいないようです」

「なにゆえ、そう思うのです」

「この島で亡くなっていた方は、ぜんぶで六人ですが、一人は扮装(なり)から見て奉公人だと思います」

「主人の代わりに奉公人が出迎えたというわけですか」

「はい、羽織もはおっておりませんし、身なりから見ると商家の手代といったところかと思われます。とても外川屋さんご本人とは思えません」

「では、その手代のなきがらを見に行きましょうか」

甚五左衛門に続いて、文治郎も孫右衛門も『高砂』を出た。

「湯殿の手前にある井戸の前で亡くなっています」

前庭に出た文治郎はこわごわ辺りを見まわしたが、いまの位置からは、若い医者のなきがらしか見えなかった。

「あちらでございます」

孫右衛門は前庭を右手の東側に向かって歩き始めた。

母屋の東南角を曲がると、屋根掛けのある石積みのつるべ井戸が見えた。

井戸の左手には、大柄の男がこちらに頭を向けて倒れていた。

胸から黒い棒のようなものが天を向いている。

文治郎はなきがらに歩み寄っていった。

胸に突き刺さっているものは、矢の一種だろうが、非常に素朴で無骨なかたちをしていた。

倒れている男は五十前後だった。町人髷に結って藍染めの地味な縞の木綿小袖をまとっていた。なるほど商家の手代と見える。

胸に突き刺さっている矢を両手でつかんで男は死んでいた。

額に大きくしわを刻み、口を開けて苦悶の表情のまま男は固まっていた。

井戸の屋根に止まっていたカラスが、一声鳴いて竹林の彼方に飛び去った。

「眼が……ない……」

文治郎の声は乾いていた。

かっと見開いた両眼は……黒くぽっかりと穴が開いていた。

両眼はくりぬかれていたのだ。

文治郎はあたりを見まわした。

「誰が射たものか……」

井戸は真竹の林に囲まれていた。

「真っ直ぐ飛んできたとすれば、あのあたりから放たれたというわけだな」

甚五左衛門は右手の二間ほど離れた竹林を指さした。

「しかし、あの竹林に立って矢を射るのは難しいだろう」

竹林には竹が密生していて、射手が立つことはできそうもなかった。

「たしかに、文治郎の申す通りだ。どこから射たものか……さぁ、あと一体だ」

「母屋に行く前に、この北側を見てみたいな。孫右衛門さん、あれは湯殿でしたね」

文治郎は井戸の奥に見えている二間四方ほどの建物を指さして訊いた。

「はい、使っていないようですが」

「その奥は行き止まりですか」

「湯殿の奥に細い道があって母屋の西側に出られます」

「厠のある面ですね」

「さようでございます」

「では、北側を通って、西側へ出よう。よいな、甚五左衛門」

「異存はない」

板壁に格子窓を持つ湯殿には錠が掛かっていた。

「鍵は村で預かっております」

孫右衛門が腰に吊した鍵の束から一本を取り出し、錠前を開けた。土佐錠と呼ばれる鋳鉄の錠前だった。

文治郎が中を覗くと、小さな板の間の向こうに畳半畳ほどの小さな四角い木の浴槽が設えられていた。

湯殿の中は全体がほこりまみれで、あちこちに蜘蛛の巣が掛かっていた。

「この湯殿には、長い間、誰も足を踏み入れていないよ」

詳しい検分の必要はないと、文治郎は思った。

母屋の北側に出ると、屋根瓦を載せた漆喰壁の塀が西へ向かって伸びており、塀に沿って松の木が植えられている。

塀の向こうはうっそうとした雑木林が迫っていた。

通路に沿った母屋の北面には明かりとりの小さな窓しかなく、板壁が続いている。

角を曲がると漆喰作りの小さな蔵があった。

「こちらも使われていないようでございます」

孫右衛門は、錠を開け、引き戸を引いた。

蔵の中は薄暗かったが、戸口からの光で何とか内部が見通せた。

がらんとしていて、藁むしろや桶が散在しているくらいで、これといったものは見当たらなかった。

湯殿と同じようにほこりまみれで蜘蛛の巣だらけである。

「入口のあたりには最近、誰かが入った跡があるぞ」

戸口すぐそばの地面に積もったほこりに、人の足跡や、ものを置いた跡が見られる。

ただ、足跡は戸口付近だけに残されていて、奥へは続いていなかった。

「蔵に誰かが入ってもおかしくはないだろう」

甚五左衛門は、関心のなさそうな口ぶりで答えた。

「まぁ、それはそうだ」

武士のなきがらの残る厠の横を通って三人は母屋へと向かった。

母屋の戸口の観音開きの戸は、片側だけ外へ向かって開け放たれていた。

「この扉は片側だけ開いていたのかな」

「はじめからこのようなかたちで開いておりました」

孫右衛門ははっきりと答えた。

甚五左衛門は土間で草鞋を脱いで板張りの廊下へと上がった。

「最後の一体は右の客間にあるそうだ」

甚五左衛門は右のふすまを開けた。三畳の控えの間があり、見事な老松が描かれたふすまが閉じられていた。

「最初にわたしがここへ入ったときにも、この二箇所のふすまは閉じられていました。部屋の中をあらためた後に、もとの通りに戻しておいたのでございます」

甚五左衛門は老松のふすまを開けたが、すぐに顔をしかめた。

一行は客間に足を踏み入れた。

十二畳はあるだろう。雨戸が立てられているので薄暗いが、なかなかに立派な部屋のようだ。

血なまぐさい臭いが文治郎の鼻を襲った。

「雨戸を開けてもよろしいでしょうか」

孫右衛門はいんぎんにいって、雨戸まで足を進めた。

「お願いします」

死臭も不快だったし、薄暗くて部屋のようすもよくわからない。すぐにも開けてもらって光と風を客間に入れてほしかった。

音を立てて、雨戸が開かれた。

軒に吊されたすだれを通して、陽の光が客間に差し込んだ。

文治郎は、部屋の真ん中よりやや東側に仰向けに倒れているなきがらを見た。

「首なし女か……」

文治郎はうめき声を漏らした。

表門の生首の主に違いない。

浅葱色の生地に白い井桁絣を織り込んだ越後上布はこざっぱりと洒落ていて夏の盛りにぴったりだった。琉球渡りらしい芭蕉帯との取り合わせも粋だった。

（遊妓あがりだな……）

素人の着物だが、どこか玄人っぽい洒脱な雰囲気を持っている。

吉原通いの成果というわけでもないだろうが、文治郎は玄人素人を通じて、女の着物には詳しい。

だが、なきがらには頭がなかった。

首を切った跡には、血筋が飛び出て白い骨が見えていた。

「ここで切ったというわけか」

なきがらのまわり、とくに首のあたりには、おびただしい血の染みができていた。畳敷きなので、乾いてこびりついた朱殷（暗朱色）の染みは、『千歳』の板の間と違って目立った。

「門の上に載せてあった首の主だな」

「さっきはゆっくり見ているゆとりがなかった。あとであの首をしっかりと見てみよう」

「文治郎は震え上がっていたからな」

「別段、震えてなどはいない……」

なきがらに驚いていまになって気づいたが、畳の上には黒漆塗りの角盆が置いてあった。

そばには絵唐津らしい灰色の陶器で作られた五合徳利がひっくり返っていた。

かなり離れたところに二つの盃がばらばらに転がっている。

文治郎は近いほうに落ちていた盃を手にとった。

精緻な唐草文が施された青白磁の盃は、とても高価なものと見えた。

「毒死だろうか……」

鼻を近づけてこわごわと臭いを嗅いでみたが、かすかに酒の臭いがするだけだった。

だが、猛毒の中には、まったく臭いがしないものも多々あるとは聞いている。

転がっている徳利、放り出されているふたつの盃。二人で酒盛りをしていて、この首なし女が毒死したと見るのがふつうだろう。

「おや……」

文治郎は部屋の隅に置いてある丹塗り(にぬり)の経机に目を留めた。

何か白いものが載っている。

歩み寄ってゆくと、それはかなりの量の巻紙であった。

文治郎は最初の一枚に記されている文字に目を見張った。

「手記」　　林家七世転入門入

かたわらには墨が乾ききっていない硯(すずり)と、穂先が黒く染まった細筆も置いてあった。

「おい、文治郎。林家七世転入門入ってなんのことだ」

甚五左衛門が首をひねった。

「囲碁の家元だ。本因坊、安井、井上の三家と並んで御城碁の四家元だよ」

「御城碁の家っていうと直参扱いか」

「たしか公儀から五十石の俸禄を受けているはずだ」

「なるほど、拙者の家より少ないんじゃ、たいした石高じゃないな」

「したが、一門から指南料をとるから、かなり内福なんじゃないのか」

「それもそうか。それにしても林家七世まではわかるとして転入門入ってなんだ。まるで唐人の名前だな」

「よく覚えていないが、門入ってのが、どの代の家元にもついていたような気がする」

「じゃあ、これを書いた者は、転入っていう名前なのか」

「たぶんな。あの母屋の前で死んでいた坊主頭の若い男が、転入門入だろう」

「そうか医者か学者かと思っていたが、将棋指しや碁打ちなんぞも頭を丸めているなあ」

文治郎は巻紙を手に取って中を開いてみた。

細かい字がびっしりと書き連ねられている。


——水無月二十九日、猿島茶寮で起きしすべての凶事をここに書き記すものなり。


文治郎の鼓動はどんどん速くなってきた。

「何が書いてあるんだよ。おい」

やかましく問いかける甚五左衛門は放っておき、文治郎はまばたきも忘れて綴られた文字を追い続けた。

そこには驚くべき言葉が残されていた。

転入門入がこの島に着いてから、五人の男女が次々に殺されていったようすが、詳細に綴られていたのである。

第二章　林転入門入の手記

1

前庭の木々からアブラゼミの鳴き声が響き渡る。海からのさわやかな風が濡れ縁から潮の香りを運んでいた。

昼前の陽が差し込む客間に集まった顔ぶれはさまざまだった。

浦賀湊(みなと)まで出迎えに来ていた初老の男を別として、客は武士が二人、町人の男と女が一人ずつ。さらにわたしだった。つまり、五人の男と一人の女が、この十二畳ばかりの広間に座っていた。

舟が猿島に着いて茶寮に入ってすぐに、わたしたち訪客はそれぞれの離れに通された。

わたしは門を入って右側三番目の『末広』という離れを割り当てられた。離れに行って荷をほどいて一休みすると、訪客たちは三々五々、この母屋に集まった。

「浦賀湊でも申しましたとおり、わたくし外川屋手代の佐吉でございます。皆さま本日は、遠路、猿島茶寮にお運び頂きましてまことにありがとうございます。主人の外川屋惣右衛門になり代わり、篤く御礼申し上げます」

佐吉は、いんぎんな口調で口火を切った。若い頃は苦み走ったいい男だったように思われるが、すでに髪は半白でしわも多い。四十歳はとうに越していそうだ。

一同はかるくあごを引いた。

「主人、外川屋から皆さまへのお願いでございます」

もみ手をしながら佐吉は言葉を継いだ。

「お客さま方は、ご身分もさまざまでございます。ですが、本日は無礼講ということで、どうか無作法はお許し願いたいと存じます。まずは御前さまのお許しを得たいのでございますが」

佐吉は床の間を背に座る立派な身なりの老武士に頭を下げた。

豪奢な小袖に紗の羽織を身につけ、両刀も実に凝ったこしらえだった。いかにも高禄の武士といった出で立ちである。ただ、顔色が枯れ木のような土気色で冴えない。相当な高齢での長旅の後なので、無理からぬことだろう。

「家士や小者も連れずに、ここへ来ると決めたときから承知しておる」

老人はしわがれ声で答えた。

たしかに一人前の武士がたった一人で旅をするなど考えられない話だった。だが、外川屋惣右衛門の招きに、供を連れずに来いと書いてあった。島には多くの者を泊める部屋がなく水も食べ物も少ないとのことであった。わたしも供の者を浦賀に残してある。

五人は誰しも、単身でこの島に来ることを承知した上で、いまここにいるのだ。

「お客さまはどなたもお一人ずつでというお約束をお願いしました。それもこれも『太歳』の秘密を守りたいがためでございます」

「さようなことは、いまさらいわずとも百もわかっておるわ」

「まことに恐れ入ります」

「皆が『太歳』に釣られてここへ来たのだ。お互いに名乗ろうではないか」

老武士はほかの四人を見まわしながらしわがれ声でいった。

人々は顔を見合わせた。だが、明らかに高禄の武士がいい出したことだけに、真っ向から抗える者はいなかった。

「まずは身どもからだ。身どもは旗本の隠居、松平玄蕃と申す」

鶴を思わせる老武士の細面を、わたしはまじまじと見た。隠居なら、旗本といえども無理をすれば江戸から離れることもできよう。しかし、どこの松平家かは知らぬが、名家であることに変わりはない。

玄蕃は背は高いが、骸骨のように痩せていた。

「武士から参ろう。そこもとは」

玄蕃は反対のふすま側に座った目つきが鋭い三十代半ばの武士に声を掛けた。

「拙者は浪人だ。杉本右近と申す」

右近は無愛想に答えた。月代もきちんと剃ってあり、髭の剃り跡も青々としている。浪人としてはこざっぱりとした無紋の羽織袴姿だった。背は高めという程度だが、ぶ厚い胸板と筋肉の盛り上がった両腕が目立った。

「では、続いてわたくしですね。役者でございます。二代目大谷廣次（おおたにひろじ）と申します。屋号は駿河屋です」

顔立ちのすっきりとした四十前後の男が名乗り出た。いささか下ぶくれの色白で唇が女のように紅い。古渡唐桟の小格子帯がどこかにやけていた。上背はあるが、身体つきはここにいる男の中でいちばん細身だった。

「ええっ。駿河屋の親方ですか」

すぐ左に座っていた三十くらいの女が小さく叫んだ。

薄黄色（うすきいろ）の地に藍で細かい楼閣庭園模様を全面に描いた派手な帷子（かたびら）を身にまとったすごい美貌の持ち主である。小顔だが切れ長の瞳に力があって、薄く形のよい唇はつややかに光っていた。

どことなく崩れた感じを漂わせていて、そこがかえって男心をそそるようにも思われた。

「ええ、駿河屋の名を覚えて下さっていて、ありがとうございます」

駿河屋廣次は満面に笑みを浮かべてうなずいた。

「曽我狂言の河津三郎役が大当たりだったでしょ。あたし、親方の舞台を観（み）たことあるのよ。化粧を落としていると、親方だってこと、ぜんぜんわからないわ」

「ははは、皆さまそうおっしゃいますな」

「でも素顔もいい男ね」

女はしなを作って男の肩を軽く叩いた。

「恐れ入ります。おかみさんはどちらさまでしょう」

「京橋、常磐屋の……」

「おや、それじゃあ、京橋でも一、二を争う八百物屋さんのおかみさんなんですね」

「いやですよ。その……常磐屋のタカと申します」

タカと名乗った女は頰を染めてうつむいた。要するに妾、お囲い者なのだ。たしかに商家の内儀と考えるには、いささか派手な容貌と身なりだ。

「ああ、失礼しました……」

駿河屋は頭を搔いた。

（この女……見覚えがあるような気がするな……）

しかし、知っている女とはずいぶん雰囲気が違う。

（他人のそら似だろう……）

わたしはタカの顔を見つめながらぼんやりしていたのだろう。駿河屋が声を掛けてきた。

「そちらのお若い先生は」

頭を丸めて黒紗の羽織をまとい、脇差を帯びたわたしは医者にでも見えるのだろう。

「わたしは碁打ちです。林転入門入と申します」

駿河屋が目を大きく見開いて訊いた。

「へぇ、それじゃあ御城碁にご出仕なさっている林家の御家元さまですか」

「ああ、十七で林家七世家元を継いで、六年前からお城に参じている」

「こりゃあお若い」

「二十八を数えたところだ」

「さすがにお頭がよさそうなお顔立ちですねぇ」

駿河屋は、満面に笑みをたたえて、見え透いたお追従を口にした。

「おのおの身分も明らかにしたことだし、早く『太歳』を拝もうではないか。佐吉、ここへ持って参れ」

玄蕃が焦れたような声を出した。

「はい、ただいまお持ちいたします」

佐吉はいくぶんこわばった面持ちで次の間に去った。

客間に残った五人の客たちの顔にも、張り詰めた空気が漂った。

「いったいどんなものなんでしょうね」

その場をなごますように駿河屋がやわらかい声を出した。

「秦の始皇帝が徐福に探させた不老不死の仙薬のひとつと聞いておる」

玄蕃の言葉に右近が挑むような調子で答えた。

「だが、ご老人。決してかびの生えた伝説などではないのだ。明代の薬種を記した『本草綱目（ほんぞうこうもく）』にも記されている。これによれば、食せば直ちに身体が軽くなり、やがて不老不死の生命を得るというのだ」

「少なくとも若返ることは間違いないのよね」

タカが相づちを打つように続けた。

そのとき、次の間に続くふすまが開いて、佐吉が差し渡し一尺半（約四十五センチ）もあるような黒漆の盆を捧げ持って出てきた。

漆盆の上には黄色い大きな塊が載せられていた。

「それではお目に掛けます。これが不老不死の妙薬『太歳』でございます」

佐吉が厳かな調子でいって畳の上に漆盆を置いた。

わたしは我が目を疑った。

それはまことに不思議なものであった。少なくともわたしは、いままで生きてきて、こんな奇妙なものを見た覚えはなかった。

大人の手のひらを六つほどくっつけた黄色い塊が朽ち木の上に貼りついている。網目を持つ塊は形を変えながら、腐った樹皮の上をモゾモゾと移動しているのである。

「こ、これは……動いているではないかっ」

右近が目を剝いた。

見た目はキノコに似ているが、ゆっくりとした太歳の動きはミミズやナマコのような雰囲気を漂わせている。とにかく怪しげな代物だった。

「まことだ。ゆっくりだが、たしかに動いておるな」

顔中のしわを震わせて、玄蕃も目を見開いた。

「ふぅむ、これはコケに似ていますね」

駿河屋もいっしんに黄色い塊を見つめている。

「いや、コケではなく、キノコに似ている」

右近は低くうなり続けている。

「あたしの故郷は上州なんですけどね。故郷で倒木に生えるコガネニカワタケと呼ぶキノコにちょっと似ています」

タカのはずんだ声に、玄蕃は興味深げに尋ねた。

「そのコガネニカワタケなるキノコは食べられるのかね」

「美味しくないので、あまり食べませんが、毒はなくて食べる人もいるそうです」

「したが、そのキノコは動きはせぬのだろう」

右近はようやく太歳から目を離して口を開いた。

「もちろん動いたりするわけないでしょ」

「これはコケでもキノコでもございません。不老不死の仙薬でございます。我が主人外川屋惣右衛門が苦労の末に手に入れたもの。お世話になっているお客さま方、いまの世になくてはならぬ大切なお仕事をなさっている皆さまへの惣右衛門の感謝の気持ちでございます」

「身どもは外川屋などを世話した覚えはないぞ」

玄蕃は首をひねったが、佐吉は愛想のよい笑みを絶やさずに答えた。

「御前さまに、主人は大きなご恩を感じているのでございます」

実はわたしも外川屋を知らない。今回もとつぜんの招待で驚いた。ただ、書状には長年の囲碁道楽で、林家に力添えしたいとあった。

たしかに林家は、本因坊家、安井家、井上家と並ぶ囲碁の家元四家の一つではある。

ただ、ほかの三家に比べて立家が遅く、名人も出ていないため、何かと肩身の狭い思いをしている。外川屋は判官びいきを買って出たというわけだろう。

父門利が三十八という若さで早死にしたために、わたしは延享三年（一七四六）、十七で家督を継ぐことを許されて七世門入となった。物心ついた頃から父に仕込まれ、自分でも囲碁の才に恵まれていると信じていた。

初めて参戦したその年の御城碁では、八世本因坊の伯元と戦い持碁（引分）で終わった。

それから続けて四年間の御城碁では安井家や井上家の家元と戦い続けて五局、一度として黒星をつけたことはなかった。

だが、一昨年の宝暦五年（一七五五）、安井家五世の春哲仙角門下である安井仙哲に白番二目で負けた。まだ家元でもなく、跡目に過ぎない若い男だった。会津松平肥後守家中の武士だった男と聞く。

あれからわたしは碁石が持てなくなった。

碁盤の前に座って石を持つと身体中が震え、多量の冷や汗が流れ出し、ひどいめまいに悩まされる。棋譜を目にしてさえ、心ノ臓に強い痛みを覚えるほどだった。

安井仙哲の四角い脂ぎった顔が暗闇に浮かんで、叫び声を上げて飛び起きる夜もあった。

鬱した気持ちを遊里で晴らそうとしたが、少しも効き目はなかった。

昨年の御城碁では寺社奉行阿部伊予守の呼び出しを受けてから一睡もできなくなった。結局、わたしは病をいい立てて登城しなかった。

囲碁によって公儀の禄を食んでいる我ら家元四家にとって、御城碁は碁の腕を大樹さま（将軍）に披露する唯一の誉れあるつとめだった。一方、それは家元にとって逃れることのできない定めでもあった。

御城碁は大坂の陣（冬）の戦勝日という吉例にちなんで、毎年霜月の十七日に千代田城中で開かれる。

今年の呼び出しに応じなければ、林家家元として他の三家や弟子たちからどんな誹りを受けるかわかったものではない。いや、それどころか、公儀からとがめられ、林家が取り潰される恐れすらあるのだ。

跡目は、家元の弟子の中から実力で選ばれることも少なくない。わたしは嫡子であるがゆえに跡目に選ばれ、父の死に伴って家元を継いだ。棋界の多くの者から「実力がないのに林家を継ぎおって」と陰口を叩かれることも必定だった。

今年の霜月十七日には、是が非でも御城碁に出仕し、相手を倒さなければならない。それができなければ、人知れず死を選ぶより、わたしに残された道はなかった。

(だからこそ太歳なのだ)

太歳は不老不死の仙薬であるとともに、食べた者の持つ力、とくにものを考える力を大きく伸ばすという。頭が冴え、人知を超えた才分を発揮できるというのだ。

外川屋の招待は、まるで追い詰められたわたしのいまを知っているかのように舞い込んだ。わらにもすがる思いで、わたしはこの猿島にやって来たのだ。

「まぁ、どちらでもよい。早く食してみたいぞ。このまま刺身で食すのか」

わたしの物思いは玄蕃のしわがれ声でさえぎられた。

「生のままだと、効き目が強すぎて身体に毒だとのことですので、湯通しを致します。何もつけずに食べるのがよいようです」

「佐吉は料理をするのかの」

「はい、手前、若い頃には板前修業をしたこともございます。朝漁り(あさど)の新鮮な海の幸もたくさんご用意しております。腕には覚えがございますので夕餉(ゆうげ)にもたんとお出しします」

「それは楽しみね」

タカの唇からも笑みがこぼれた。

「だが、飯の前にまずは、太歳を食そうではないか。我ら、そのためにここへ来たのではないか」

玄蕃は一同の中でも飛び抜けて年寄りだが、気ぜわしく佐吉に迫った。

「たしかにご老人の仰せの通りだ。拙者たちは品川湊から廻船に乗って浦賀湊に泊まり、そこから小舟で波に揺られてここまで来たのだ。わざわざ一昼夜もかけて猿島までやって来たのは、万事が太歳を食するがためだ。さっさと食おうではないか。刺身などは江戸でも食える」

右近の勢いも玄蕃に負けなかった。

二人の武士の言葉とあっては、佐吉に断る術(すべ)はなかった。

「相わかりました。何度かに分けて食べたほうが効き目が高いそうでございますので、三度に分けて湯がきます」

「なべて佐吉に任せる。早く食わせろ」

右近が尖った声を出した。

「へいへい、ただいま湯通しして参ります。しばしお待ちを」

佐吉は苦笑しながら、漆盆を抱え上げて次の間へと去った。

「そうですか、皆さま品川湊から外川屋さんご手配の船でお見えなんですね。あたくしは、鎌倉五山にお参りしてましてね。そこから浦賀に参ったようなわけで」

駿河屋は、ふたたびやわらかな声を出した。

浦賀は年々繁栄の途を辿っていた。奉行所の役人はもとより、廻船問屋も下田から移り住んだ。寒村に過ぎなかった浦賀は数百戸の軒を数えるようになった。ほどなく、佐吉は大きな角盆を捧げ持って戻ってきた。もっとも煙草を吸うのは、駿河屋とタカの二人だけだったが。

畳の上に置かれた欅の角盆には大皿に盛りつけた太歳と、人数分の小皿や箸が用意されていた。薄茶色にヌメヌメと光っている。もちろん朽ち木からは剝がされ、さすがに動きは止めていた。

「茹でると茶色くなるんだの。まずは食してみよう」

すぐに玄蕃が箸をとった。

「ご老人、お待ちなさい」

「右近とやら、なぜ止める」

額にしわを寄せて不快げに訊く問いには答えず、右近は強い調子で佐吉の名を呼んだ。

「おい、佐吉」

「なんでございますか」

けげんな顔で佐吉は右近の顔を見た。

「念のためだ。まずおぬしから食え」

右近はあごを突き出して命じた。

「手前が食べてもよろしいのでございますか」

怒るどころか佐吉は喜色を満面に浮かべた。

「早く食え」

「それでは失礼して」

佐吉は頬をゆるめて茶色の塊に箸をつけ、口元に持っていった。

一同は文字通り固唾(かたず)を呑んで、佐吉が咀嚼(そしやく)する口や嚥下(えんげ)する喉元のもぐもぐとした動きを注視した。

「ね、どんな味がするの？　生臭いとか、焦げ臭いとか」

勢い込んで訊くタカに、佐吉が笑顔で答えた。

「何の味もしませんな」

「とにかく、しばし待ってみようではないか」

右近はまわりを見渡して客たちを制した。

「そこもとは用心深い男だの」

玄蕃の薄ら笑いに、右近は涼しい顔で答えた。

「武士のたしなみでござろう」

しばらく待っても、むろん佐吉の身体には何らの変化も生じなかった。

「なんともないようだな」

佐吉の全身をまじまじと見つめていた右近が口を開いた。

「身どもはもう辛抱できぬわ」

玄蕃は大皿にさっと箸を伸ばし、せわしなく口元へ運んだ。

「味も臭いもせぬな」

けろっとした顔で、玄蕃は自分の割り当て分を平らげてしまった。

「それではご老体。拙者も頂戴しよう。まぁ、外川屋が我らに毒飼いしても何の得もなかろうがな」

右近の言葉が引き金となって、客全員が次々に太歳を口にした。

「美味しいというものじゃないわね」

「そうですな。やはりキノコのような舌触りと嚙み心地ですね」

タカも駿河屋もゆっくりと咀嚼している。

いささか気味が悪かったが、わたしも思い切って箸を伸ばした。どうしても太歳の持つ霊力をこの身体に取り込まなければならないのだ。

嚙み切る食感は、ちょうどナメコくらいでとてもやわらかかった。苦みも酸味も何らの味もせず食べやすかった。だが、木の根にも似た泥臭い臭いが口中にひろがった。

またたく間に、大皿に盛られた太歳は、人々の胃袋に収まった。

四半刻ほどが経ったが、とくに異状を訴える者はいなかった。ただ、玄蕃の顔色がますますよくない。

「いささか胸が苦しいようだ……」

玄蕃は肩で息を吐いた。

「ご老体、太歳が当たったのか」

右近が眉根にしわを寄せた。

「いやいや、さような話ではない。いつものことだ。気にせぬでよい……」

玄蕃は力なく首を振った。

「御前さま、お部屋でお休みになったらどうでございましょう」

駿河屋が勧めると、タカもおおきくうなずいた。

「そうですよ。長旅でお疲れなんでしょ。お休みになったほうがいいわ」

「いやいや、ここで休んでおれば大事ない」

玄蕃は右手を畳から離すと顔の前で振った。

「でも、御前さま、まだ二度も食べなきゃなりませんから」

駿河屋が重ねて勧めると、ようやく玄蕃もその気になったらしい。

「そうしよう。身どもは少し部屋で休むことにする」

玄蕃はかすれ声で立ち上がった。

「そうなさいまし。お部屋は真ん中の『高砂』でございます」

「足元がおぼつかぬ。佐吉、案内してくれぬか」

言葉が終わらぬうちに、玄蕃はふらっとよろけた。

「ああっ、危ない」

タカが叫んだ。

「どなたかお手伝い下さいませんか」

佐吉が四人の客をみまわした。

いちばん若いのは男ではいうまでもなくわたしである。ここで手伝いを申し出ないわけにはいかなかった。

「わたしがお供しましょう」

「ああ、林さま。ありがたい」

佐吉は小さく手を合わせた。

わたしが玄蕃の右肩を、佐吉が左肩を抱えてゆっくりと母屋から庭へ出た。

「お若いの、すまんな、持病を抱えておるでな」

「いや、こんなことくらいなんでもありません」

「御前さま、お部屋に着きましてございます」

玄蕃は力なくうなずくと、その場に屈み込んだ。

佐吉は六棟並んだ東から三番目の離れの引き戸を開けた。

母屋は瀟洒（しょうしゃ）な数寄屋造りとなっているが、六棟の離れはわりあいと簡素な造りだった。土間を上がると六畳ほどの板の間があり、奥には四枚障子の入った腰高窓がうがたれている。調度は小さな茶簞笥（ちゃだんす）がひとつ置かれているだけだった。

荷をほどいたときにも見たわたしの離れもまったく同じ造りだった。

「先に荷を置いたときにも思ったが、掃除が行き届いているな」

「わたくし一人ではとても無理ですので、昨日、三人ほど人足を入れまして、皆で掃除しました」

答えながら、佐吉は障子を開けた。

「公郷村の村人を雇ったのか」

「いえ、浦賀湊で雇いました。ここへは浦賀湊から真っ直ぐに参りましたので」

わたしたちも往復とも浦賀湊からの小舟となっていた。

潮風が吹き込んで、軒下の風鈴が澄んだ音を立てて鳴った。隣に吊された金魚玉と並んでいかにも雅やかである。

（外川屋惣右衛門とは気の利いた男だな）

これはわたしの部屋にもあったが、夏らしい雅やかさでわたしは気に入っていた。

「御前さま、お加減いかがですか」

佐吉は不安げな声で訊いた。

「ああ、皆の者に造作を掛けてすまぬな」

玄蕃は低くつぶやくような声で言葉を継いだ。

「身どもは少し眠る。昼餉（ひるげ）は要らぬので起こさんでくれ」

板の間の真ん中に敷かれている布団に横たわると、玄蕃はさらなるかすれ声で佐吉に頼んだ。

「承知いたしました。もし夕餉になってもお目覚めがないようでしたら、また参ります」

「ああ、そうしてくれ」

すぐに玄蕃の高いびきが響いてきた。

わたしと佐吉は眠る玄蕃を残して庭に出た。

母屋に戻る前に、わたしは厠に寄った。

幅が一間奥行き半間ほどの板葺き板壁の建物で、左が上方風に総戸を立てた大便用、右が扉のない小便用となっていた。わたしは板で作られている小用の便器の前に立った。板壁から杉板のよい香りがした。きれいな厠ひとつとってもこの茶寮は行き届いていた。

このきれいで雅やかな茶寮で、後にあのような恐ろしいことが起きるとは。このときはまだ、予期することさえできなかった。

2

客間に戻ると、杉本右近、駿河屋、タカの三人が、所在なげに座っていた。

「あの老人は長くないな」

右近がぼそっといった。

「なぜ、そんなことを仰せですか」

駿河屋が驚きの声を上げた。

「いや、医者ではないから断言はできないが、老人のあの顔色は尋常ではない。拙者の知人があんな顔色になってから二月も経たぬうちに死んだ。はらわたに硬いしこりができて、その腫瘍(できもの)が生命を奪ったそうだ」

「それで御前さまは、あんなに太歳を食べたがったのね」

タカが得たりとばかりにうなずいた。

「おそろしく急いでいたではないか。おそらく医者にも見放されているのだろう。それにしても手遅れじゃないのかね」

右近の声は皮肉に響いた。

「そういえば、お侍さんはなんで太歳を食べに来たんですか」

タカが思いついたように訊いた。

「拙者か……」

右近は不機嫌に押し黙った。

「どうでしょう。せっかくこうして同じ釜の飯じゃなかった……いやさ、太歳を食った仲間です。皆さま、なんでここ猿島までお見えになったかをお話し下さいませんか。いい出しっぺなんで申しますが、あたくしは役者ですからね、人気稼業でしょう。やっぱり若さを保ちたいわけでございます」

立て板に水といった調子で駿河屋は話し終えた。

「あら、あたしも同じよ。いいたかないけど、お囲い者なんて旦那に捨てられたら、お仕舞いじゃない。どんなに惨めなもんかわかりゃしない。捨て扶持(すぶち)もらって、ただ飢え死にしないだけで生きていくなんて、あたし真っ平なんだから」

笑うタカの目尻に小じわが寄った。タカは「すこぶるつきのいい女」だが、盛りは過ぎているともいえる。

「不死ってのは、さすがに信じられないけれど、これ以上老けなければいいのよ。でも、そちらの林さまは、そんなにお若いのになぜここへ見えたのかしら」

タカに突っ込まれて、わたしも答えざるを得なくなった。

「碁打ちですから、勝負には負けたくありません。頭が冴えるという太歳の効能を頼ってここへ参りました」

「なるほどねぇ。勝負の世界ってのは厳しいでしょうからね」

駿河屋は調子のよい相づちを打った。

残った右近は気まずそうにほかの者の顔を見ていたが、あきらめたような顔で口を開いた。

「拙者は武芸の腕を磨く身だ。少しでも身体が軽くなればと思うてな」

「これまたよくわかるお話で……」

駿河屋は深くうなずいたが、わたしには素浪人を招く外川屋の気持ちがわからなかった。いや、何かわけがあるに相違ない。

「ところで、皆さま、外川屋からの誘いがあってお見えなんですよね」

わたしの心を見透かしたような駿河屋の言葉に一同は揃ってうなずいた。

「あたくしは贔屓にして頂いているからなんですけれど。皆さまはどんなわけで、外川屋から誘いが来たんですか」

「おいっ、そんなことまで話さなければならぬのか」

右近の怒気を含んだ声に、駿河屋は首をすくめた。

「いえいえ杉本さま、結構でございます」

「役者の分際で無礼な奴め」

右近は光る瞳でぎろりと駿河屋をにらんだ。

「あたくしが悪うございました。まことに相済みません」

駿河屋がペコペコ頭を下げているところへ、佐吉が膳を運んできた。

「皆さま、美味しいお刺身ができましたんで」

佐吉は何度かに亘(わた)って玄蕃を除く四人分の配膳を終えた。

四人の客たちは箸をとった。

ヒラマサ、ワラサ、マアジ、アワビなど、どれも新鮮で身が締まって美味だった。

歯ごたえがよく、旨味(うまみ)の濃いワラサは、とくにわたしの好みに合った。

エビの出汁(だし)のきいた味噌汁も風味よく、食欲を高めてくれた。

「皆さま、ご酒は召し上がりますな。灘の生一本をお持ちしました」

拒む者はいなかった。

「お、こりゃいい酒だな」

盃を唇に持っていった右近が口元をゆるめた。

いくらか辛口だが、味といい香りといいコクといい、銘酒といってよい。

「こいつは甘露、甘露っ。五臓六腑(ごぞうろっぷ)に染み渡るってのはこのことだねぇ」

駿河屋も上機嫌で舌鼓を打った。

佐吉は四人の間をせわしなく酌をして廻っている。

半刻ほど経って、一座の者が赤い顔を見せ始めた頃のことである。

「なんだか焦げ臭くないかしら」

タカが鼻をひくつかせた。

「厨を見てきたほうがよくはないか」

実は臭いに気づいていたわたしは、佐吉をうながした。

「おかしいですな。かまどは熾火（おきび）になっているはずですが」

佐吉は合点がゆかぬという顔で客間から出て行った。

「おいっ、正面の離れから煙が出ておるぞっ」

濡れ縁に歩みを進めた右近が、すだれ越しに張り詰めた声で叫んだ。

わたしと駿河屋は同時に立ち上がった。

すだれを潜って濡れ縁に出ると、『高砂』の屋根と壁の間から黒い煙がもやもやと湧き出ている。

「こりゃあ、火事ですよ」

駿河屋は声を震わせた。

「厨は何ごともないようで……」

首を傾げながら、佐吉が戻ってきた。

「違うぞ、佐吉っ。厨ではない。あれだ」

右近は大声で叫ぶと『高砂』を指さした。

佐吉はあわてて右近のかたわらに駆け寄った。

「い、いったい何ごとでしょう」

オロオロしている佐吉を右近がどやしつけた。

「とにかく行ってみるのだ」

わたしたち男四人は、押っ取り刀で庭へ飛び出た。

「煙の勢いがひどくなってきたぞ」

右近が指さす『高砂』の壁や戸の隙間のあちこちから、黒い煙が、恐ろしい勢いで噴き出ている。

そのとき「うわわわっ」という声が真正面から響いた。

「ご老人の声か」

「ほかにあり得ませんね」

わたしと右近は顔を見合わせると、砂利を蹴飛ばしながら戸口へ急いだ。

「ぎえーっ」

おそろしい悲鳴が庭じゅうに響き渡った。

「くそっ」

右近が激しい音を立てて引き戸を開けると、部屋の中から黒煙が大きな波のように襲いかかってきた。

「佐吉、駿河屋、水だ。水を汲んで参れ」

張り詰めた右近の下命に、二人はきびすを返して走り去っていった。

右近は土間から板の間に上がろうとして激しく咳き込んでしまった。

「杉本どの、ご無理をなされますな」

わたしはガクガクと震える右近の肩に手を掛けて引き寄せた。

「煙が……ひどい……」

右近は頑強な肩をふるわせている。

佐吉が真っ赤な顔をして一斗桶を抱え持ってきた。

「よこせっ」

右近は何度かに分けて一斗桶の水を掛け続けた。

素晴らしい膂力だ。さすがに武士だけのことはある。

火勢はだいぶ衰えた。

火は収まったものの、かえって白い煙がもうもうと立ち上った。

ややあって駿河屋が両手で桶を抱えてふぅふぅいいながら、ヨタヨタと現れた。

「遅いではないかっ」

「あたくしは役者でございますよ。力なんぞはありゃしません」

「いいから、それをよこせっ」

右近は駿河屋から一斗桶を両手で摑み取ると、さっきと同じように白煙に向けて水を掛けた。

ようやく煙が収まりかけてきた。

土間を駆け上がった右近は煙の中へ飛び込んだ。

窓から煙が外へと拡散してゆき、板の間がぼんやりと見えてきた。

「ご老人っ、しっかりしろっ。ああっ」

右近は叫び声を上げげた。

「手遅れだ……」

右近の肩越しに板の間を覗き込んだわたしの背中に寒気が走った。

「これはひどい」

焼け焦げた布団の上に、玄蕃が横たわっていた。

水を掛けたため、まだらに煤けた全身は焚き火の焼け残りのようだった。

両手で空をつかみ、絶叫したままなのか、口は大きく開いている。

ぴくりとも動かない。

確かめなくても手遅れであることは確実と思われた。

それでも右近は屈み込んで首元に手を当てた。

次の瞬間、右近ははじかれたように立ち上がって板の間で足を踏み鳴らした。

「玄蕃め、なにゆえ死んだのだっ」

右近は取り乱したように怒鳴った。

「どうなされた。杉本どの……」

わたしが声を掛けると、右近ははっと気づいて静かな表情に戻った。

「南無釈迦牟尼仏（なむしゃかむにぶつ）……」

右近が、瞑目（めいもく）して合掌した。

これにならい、わたしも両手を合わせた。

「燃えてるのは布団だけですね」

「ああ、板の間には燃え移っていないようだな」

わたしの言葉にうなずいた右近は振り返って噛みつくような口調で佐吉に訊いた。

「佐吉、この離れに火の気はあるのか」

「いいえ、何ひとつありません」

呆然（ぼうぜん）とした顔のまま突っ立っている佐吉は我に返ったように答えた。

「蚊遣り火（かやりび）などはないのか」

「海風のおかげか、この島には蚊が少ないのです。蚊遣り火もご用意はしておりますが、夕刻になるまでは要り用になりません」

「そうか……老人は煙草を吸わなかったな」

「へぇ、煙草盆などもお持ちしておりません」

「では、火の気のないところに火事が起こったということか」

「いったいなんで、こんなことに……」

佐吉は悄然（しょうぜん）と肩を落とした。

わたしは腰高窓に歩み寄り、窓の外にひろがっている景色に目をやった。

青い海が何ごともなかったように静かにうねっている。

「この窓から入るのは無理だな」

右近がかたわらでつぶやいた。

たしかに『高砂』の建物の下は何丈もある崖だった。梯子を掛けるのも難しい。左右に視線を移すと、ほかの離れも同じことであった。

「さて、こうしていても詮方ない。母屋に戻るとしよう」

右近の言葉に従ってわたしたちは離れを出た。

外にはタカが青ざめた顔で立っていた。

「御前さまは……」

「ダメだった。老人は焼け死んだ」

「いや――っ」

叫び声を上げながらタカは気を失い、ふらっと倒れかけた。

「おいっ、しっかりしろ」

すばやく右近が支えた。

「いったいどうしたっていうのよぉ」

タカはすぐに気づいて、鬢(びん)の毛をほつれさせて金切り声を上げた。

「落ち着け。いくら嘆いても老人は戻らない」

「祟りよ……祟りに違いない」

タカは白眼を震わせている。

「この世に祟りなんてものがあるとは思えぬが」

わたしには祟りなどというものは信じられなかった。

「祟りじゃないっていうの」

タカが尖った声で訊いた。

「だって物の怪(もののけ)の仕業なら、なんで、わざわざ火を掛けるのだ」

「たしかに林どのの言葉は正しいぞ。人知を超えた力を持つ物の怪であれば、さような面倒なことをする必要はなかろうよ」

諭すような右近の声に、タカは震えながらもあごを引いた。

一同は無言で母屋に戻っていった。

わたしの心は暗澹(あんたん)とした黒い雲に覆われていた。

3

客間のそれぞれの座に戻った者たちを重苦しい空気が包んでいた。

「御前さまには太歳は効かなかったのね」

タカがぽつりとつぶやいた。

「まだ一度目でございましたからな」

佐吉が白湯（さゆ）を入れながら答えた。

「あんな風に燃えてしまったら、太歳の効能もなにもあったものではないだろう」

右近が皮肉めいた口調で続けた。

「ところで、布団とご老人しか燃えていなかったところを見ても、火が付いたのは、最初に玄蕃さまの悲鳴が聞こえたころでしょうね」

わたしはひとつのことをはっきりさせたくて話題を変えた。

「拙者も林どのと同じ考えだ。少なくともあの最初の悲鳴の直前だろう」

「とすれば、火を付けた者はこの中にはいないことになりますね」

わたしの言葉にタカが歯を剝き出した。

「冗談いわないでよ。あたしが見ず知らずの御前さまを殺そうなんてするわけないでしょ」

「だから、ここにいる五人の仕業でないことはたしかだって、林さまはそう仰ってるんですよね」

駿河屋がやわらかい口調でタカをなだめた。

「どう考えても、わたしたちにできることではない。兇徒はほかにいると考えなくてはならぬだろう」

「ねぇ、佐吉。この島にあたしたちのほかに誰かがいるってことはないの」

タカの問いかけに、佐吉は顔の前で大きく手を振った。

「いいえ、そんなことはあり得ません」

「本当なのね」

「お客さま方と手前のほかに人なんているはずもありません。この茶寮は高い塀で囲まれております。皆さまがお着きになったときに、手前は表門に内側から閂を掛けました。仮に舟でやって来た者がいたとしても、茶寮の中へ入れるもんじゃございません。ほかに生き物がいるとしたら猫と鼠（ねずみ）くらいでしょう」

たしかに桟橋のあたりと門のあたりに、それぞれ猫が二匹いた。猫の餌となる鼠などもいるはずである。外川屋が持ち込んだものだろうか。

「念のために閂を確かめて参ろう」

右近が思いついたようにいい出した。

「わたしも行きます」

右近を疑うわけではないが、わたしもこの目で閂を確かめたかった。

「じゃああたくしも」

駿河屋も同意し、三人の男客は庭へと出た。

もうもうと『高砂』を覆っていた黒煙は、すでに五里の彼方（かなた）に消え去っていた。

「拙者の部屋に燃え移らんでよかった」

右近は『高砂』の西隣の『蓬萊（ほうらい）』という離れを割り当てられていたが、延焼は免れていた。『高砂』をはさんで反対の東側に建つ、わたしが割り当てられた『末広』も含めて、ほかの離れはすべてが無事だった。

表門の内側に歩み寄ると、三尺角の太い閂はしっかりと掛かっていた。

「この塀は越えられぬな」

右近は練り塀を見上げながらつぶやいた。

母屋に戻ると、タカと佐吉が不安げにわたしたちを見た。

「やはり外から入った者はいないようだ」

右近の言葉に二人は揃ってうなずいた。

「佐吉、ここへ漕いできた漁師からあたくしは聞いたんだけど、この島には怖い言い伝えがあるそうだねぇ」

駿河屋が妙なことをいい出した。

佐吉は不意を突かれたように首をすくめた。

「ただの迷信ですよ」

「なんでもこの猿島は、昔から人が立ち入っちゃいけない霊地だそうじゃないかい。島に上がったり、島のものをみだりに持ち出すと祟りがあるんだってね。だから、ふだんは島に近づく者は誰一人いないそうだね」

「はぁ……そうらしいですな」

佐吉の顔色が悪くなった。

「そんな島になんで寮なんて建てるのよぉ」

　タカが叫ぶ声がわたしの耳に突き刺さった。

「あたくしが聞いた話じゃ、水無月大祓の例祭の日だけは、島の北にある春日大社の氏子たちが島に渡って祭を催しているらしいけどねぇ」

「大祓は明日じゃないの。今日、島に上がってるあたしたちは祟りに遭うってことじゃないのよ」

　あまりに激しく頭を振ったために、タカのかんざしが飛んだ。

「この島はお祖師さまの霊地だけに、話に尾ひれがついているだけでございますよ」

　タカをなだめるように佐吉はいった。

「だが、そういう伝承があることはたしかなんだな」

　右近は気難しい顔で訊いた。

「へぇ……仰せの通りで」

「御前さまが亡くなったのは祟りのせいに違いないでしょ。あたしもうこんな島から帰る」

　タカは年にも似合わぬ駄々っ子のような調子で叫んだ。

「帰りたいと仰せになりましても、舟は明日の朝まで参りません」

「この島に舟はないのか」

わたしは祟りなど信じているわけではないが、念のために訊いてみた。

「ありませんよ。漕げる者がいないのですから」

「なんとか舟を呼んでよ」

「どうやって呼ぶっていうんですか。どんなに叫んだって浜までは届きやしません」

いきり立つタカに佐吉は苦り切って答えた。

「タカとやら。ここで帰ってよいのか。すべてが無駄になるぞ」

右近が淡々とした口調で尋ねた。

「えっ……」

虚を突かれたようにタカは右近の顔を見た。

「太歳はあと二度にわたって食べなければならぬのだぞ」

「たしかに、そうでしたね……」

右近の言葉でタカの興奮は収まった。

「まぁ、老人の死は不可解だが、拙者たちは、いまこの島を離れるわけにはいかないのだ」

「杉本さまの仰せの通りですよ。それに太歳は不老不死の仙薬なんだから、食べときゃ祟りなんか怖くないってわけでしょ。そうだ、佐吉、二度目の太歳を湯がいちゃあくれませんか」

駿河屋の言葉に、佐吉は立ち上がった。

「承知いたしました。しばらくお待ち下さい」

しばらくすると、佐吉は大皿に盛った太歳を欅の角盆に載せて持って来た。

「さぁ、頂きましょうよ」

駿河屋が先頭を切って、一同は先を争うように箸をつけた。まるで、太歳さえ食していれば祟りにも遭わず、あらゆる危険からも免れられるという勢いだった。

佐吉が淹れた煎茶を飲みながら、一同は肩を寄せ合うようにして座敷に座っていた。

「とにかく面妖な話だ。いったい誰が老人のいたところに火を掛けたというのだ。この島には我らしかおらず、しかも我らは母屋にそろっていて、さような凶行に及ぶことができる者はいなかった」

誰もが思っていることを右近が言葉にした。

「佐吉、もう一度訊くが、この茶寮に入って来る術はないんだね。たとえば、隠し通路があるなんてことはないでしょうね」

駿河屋の問いに、佐吉はとんでもないとばかりに手を振った。

「冗談をおっしゃらないでください。そんな妙なもんがあるはずはございません」

「ところで外川屋は、何のつもりで拙者たちをここに集めたのだろう」

右近が思いついたようにつぶやいた。

「実はわたしもそう思っていたのです。外川屋は林家びいきだから、七世家元のわたしを招いたといっています。が、考えてみるとそれだけでこんな歓待を受け、太歳を食べさせてもらうのは分が過ぎているような気がします。ひとえに太歳に釣られてこまでやって来たわけですが」

わたしの素直な気持ちだった。

「あたしも不思議なのよ。まぁ、うちの旦那が外川屋のお得意だったんで、それでだとは思うんだけど」

「失礼だが、よく旦那が許したね」

わたしはついいわずもがなのことを訊いたが、タカはあっさりと答えた。

「本当いうとね。旦那には跡取りがいないのよ。奥さまはお年でしょ。それであたしに是が非でも子を産めって……太歳を食べると子宝にも恵まれるって話ですよね。で、旦那が猿島に行ってこいって」

「それは差し迫った悩みだ」

「あら、余計なこといっちゃった」

わたしの答えに、タカは頰をほんのりと染めた。

「駿河屋の親方はどうなのよ。外川屋さんとは知り合いなの」

「いいえ、存じません。ちょうど林さまと同じような話です。外川屋さんが以前よりあたくしをご贔屓になさっているというお手紙を頂きました。それでまぁ、お招きを受けたというようなわけでして」

駿河屋はなめらかな口調で喋った。

「とすると、林どのもタカも駿河屋も、誰も外川屋の顔を知らぬというわけか」

右近は剃り跡が濃くなり始めたあごに手をやった。

「杉本さまもご存じないのね。ねぇ、杉本の旦那はどうしたわけでここへお見えになったの」

この場にいる誰もが浪人者が招かれたわけを知りたいはずだ。

「それを訊きたいなら、おぬしたち生命の覚悟をしろ」

右近は不機嫌に押し黙ると、三人を鋭い目つきで睨（にら）みつけた。

浪人とはいえ、武士に睨まれて、それ以上突っ込める者はいなかった。

しばらく黙っていた右近だったが、何を思いついたか急に表情をゆるめた。

「とはいえ、かように不思議な縁でここに集まった者同士だ。さらにはいま、ご老人の怪しい死に目にともに出会う羽目になった。いつまでも隠しごとをしていても始まらぬ……拙者は実は浪人ではない」

「あら、それじゃ……」

タカが驚きの声を上げた。

「拙者は三百石取りの西城書院番でな。柳生主水正（もんどのかみ）という」

「旗本のお殿さまがなんでこんな猿島なんてところに……」

佐吉がこわばった声を出した。

「さるご重役の頼みで、あのご老人、松平玄蕃信望（のぶもち）さまを秘（ひそ）かに警固するためにここに参ったのだ。玄蕃さまは五千石の大身でな。若い頃は五代さま（綱吉）の御小姓だった。大番頭の後には大樹さま（九代家重）の御側近もつとめられた。官途は駿河守だ」

「玄蕃さまが、そんなにご身分の高い方だとは夢にも思いませなんだ」

佐吉はいったが、身なりを見ればただの旗本の隠居でないことはわかっていた。

「そうだな。なにしろ赤穂浪士をその目で見たわけだし、五代さまから当代さままで大樹さまのお側近くでお仕えになったお方だ。ご高齢を理由に辞職を願い出ても、名物旗本として許されなかったほどだ。三年前、ようやく官を退いて隠居なさった。ただ玄蕃さま、大病に身を侵されていてな。余命幾ばくもなかった。背中が痛むので膏薬を塗って痛みを抑えていたのよ」

「無理を押しても猿島に来て太歳を食して生命を長らえようとしていたのですね」

わたしの言葉に、主水正は暗い顔でうなずいた。

「そういうことだ。したが、まさかこんなことになるとは……。せめてふつうに病に斃れてくれればよかったものを」

主水正は音が鳴るほどに歯がみした。

玄蕃が調子を崩して『高砂』に引っ込んだときに、主水正が「長くない」といったわけがわかった。

もし、玄蕃が病のためにいきなり頓死でもしたら、そのとき、わたしたちが病死であると断ずることを意図していたのだろう。病で死んだのなら、主水正が責めを負うはずはない。

「ところで、佐吉は外川屋の手代なんだな」

「へぇ、はじめに申しましたとおりで……」

「いままで訊かなかったが、主人の二代目惣右衛門はどんな男なのだ」

「いえ……それが……」

佐吉は気まずそうにうつむいた。

「まず幾つくらいの男なのだ」

「存じません」

「されど、おぬし、外川屋には日々会っておったのだろう」

主水正の声が尖った。

「いえ、手前はお客さま方をおもてなしするために急に雇われたのでございます」

「なんだって、それはまことか」

主水正の声が大きく響いた。

わたしもこの佐吉の言葉には少なからず驚かされた。

「はい、桂庵（けいあん）（口入れ屋）から紹介されて、五日前に手代になったばかりなのでございます」

「したが、雇い入れの時に主人には会わなかったのか」

「番頭一人に会っただけでございます」

「それでも、外川屋の店に行ったことはあるのだろうな」

主水正はいぶかしげに訊いた。

「いいえ、手紙で呼び出されて、浅草の船宿で一度会っただけでございます……そのおり過分な手当を頂きまして、詳しい話を伺いました。此度のご接待を無事につとめ上げたら、本雇いにして頂けるとのことで……」

「何ということだ。ここにいる誰一人として二代目外川屋惣右衛門の顔を見た者はいないのだな」

一同は無言でうなずいた。

しばし沈黙が客間を覆った。

「どうも合点のゆかぬことばかりだな。あの太歳は本物なのだろうな」

「太歳も外川屋の番頭さんからお預かりしたもので」

「となると、真贋(しんがん)も怪しいな……」

主水正は気難しげに口をつぐんだ。

「殿さま、やめてくださいよ。気持ちが悪くなってきたじゃない」

タカが顔の前で激しく手を振った。

「まぁ、太歳に毒はなかろう。外川屋が拙者たちを毒飼いするつもりなら、皆がとっくに死んでおろう。また、わざわざご老人をあんな手間の掛かるやり方で殺す要もない」

「それもそうね……」

理の通った主水正の言葉に、タカも落ち着きを取り戻した。

「いずれにしても、明朝、迎えの舟が来るまで、拙者たちはじゅうぶんに気をつけて我と我が身を守ろうではないか」

「さすがお武家さまよ。いざという時、やっぱり頼りになるね」

タカは熱っぽい目で主水正を見た。

柳生家の一門だけあって頼もしい主水正の言葉に、一同はいくらかほっとした。だが、仮に柳生の剣を以(もっ)てしても、姿の見えぬ謎の敵と戦うことはできないのだ。

しばらくの間、わたしたち四人の客は、することもなく座敷に座っていた。

「こうしていても気が詰まるばかりだ。そうだ、碁打ち。将棋でもやらんか」

「そうですね。一番、参りましょうか」

太歳を食べて手持ち無沙汰となったわたしは、主水正と将棋を指すことにした。

将棋についてはまったくの素人だが、それでもある程度の力はある。

二枚落ち、つまりわたしが飛車と角行を落としたら、あっという間に勝負がついてしまった。主水正は悔しがり、今度は四枚落ち、さらに両方の香車を落とす差をつけて二番目の勝負を始めた。

タカは客間に置いてあった草双紙を読んでいる。絵の多い本とはいえ、なかなか学のある女のようだ。商家の妾という話だが、あるいは吉原の妓女上がりなのかもしれない。

花魁(おいらん)の位に上る妓女は遊芸の技はもちろん、学問も相当にある。

小半刻ほど過ぎた頃だろうか。

四枚落ちでも勝負にならなかったわたしと主水正は、さらに両方の桂馬を落として勝負していた。が、わたしはあと二手ほどで詰めると読んでいた。

「ご熱心でございますな」

佐吉が煎茶を淹れて持って来た。

「将棋にも少し飽きたな。おい、佐吉、酒を持って参れ」

「はい、ただいまぬる燗をつけて参ります」

「いや、冷やでよいぞ。肴はあり合わせでよいから何か見繕って参れ」

「へいっ、ただいま」

佐吉は厨へと去った。

しばらくして佐吉は盃と五合徳利、小魚の佃煮を角盆に載せて持って来た。

わたしは恐怖を紛らわす気持ちもあって、日頃は飲み慣れない冷や酒をあおった。

タカも駿河屋も同じ気持ちらしく、すぐに頬を紅くして酒気を吐き始めた。

淡々と盃を口元に運び続けていた主水正が立ち上がった。

「主水正さま、どちらへ」

「なに、厠よ。小便が溜まってきたのよ」

「お一人でよろしいのですか」

佐吉は気遣わしげな声を出したが、

「厠にゆくのに供などいらぬわ。はははは」

主水正は豪快に笑って大股に客間を出て行った。ただし、いつの間にか腰に大刀を差していた。

わたしは遠ざかる主水正の足音をたしかめて口を開いた。

「気に掛かることがあるんだ」

駿河屋とタカ、佐吉の三人は、けげんな顔でいっせいにわたしを見た。

「主水正どのは玄蕃さまを死なせてしまった。頼まれた公儀の重役の命を果たせなかったわけだ。となると、腹を切るよりほかにないのではないか」

「そんな馬鹿な。だって玄蕃の御前さまが亡くなったのは、柳生さまのせいじゃないのに」

タカは首を傾げた。

「だが、武士とはそうしたものだ。警固の任を果たせなかったわけだからね。ところが、そんなときにおのれの身分や仕事をわたしたちに話したってことは……」

「手前どもを生かしておく気がないってことでしょうか」

佐吉が目を光らせた。なかなか鋭い男だ。

「いささか不安なのだ。柳生家は大樹さまの剣術指南のお家柄。主水正どのも間違いなく剣の腕には秀でているはずだ。その気になれば、ここにいる四人なんて、あっという間に斬られて、フカの餌にされてしまう」

「いやよ。あたしはそんなの絶対にいや」

タカは頬を震わせて叫んだ。

「あたくしだって、まだまだ生命は惜しいですよ」

駿河屋も声を裏返らせた。それればかりか全身を小刻みに震わせている。小心な男なのだろう。

「さ、佐吉、三度目の太歳を出してくださいよ」

駿河屋はすがるような顔で佐吉に請うた。

「外川屋が手配した太歳が本物だとしても、不老長寿はともあれ、不死身になれるってものでもないだろう。さらに、すぐに効き目が出るかはわからない」

わたしの言葉に佐吉はうなずいた。

「へぇ、効き目が出るのにもしばらく時を要するとは聞いております」

「じゃあどうすりゃいいっていうのよ」

タカの激しい声が、ふすまに響いた。

「いっそ、こっそり殺しちまったらどうです」

佐吉の四角い顔に凶暴な影が宿った。

「佐吉、おまえ、なんてことをいうんだ……」

わたしの背中に何ともいえぬ悪寒が走った。いんぎんな態度を続けていた佐吉だが、本性はいったいどういう男なのか。

「だけどね、ここにいる四人は皆殺しにされるかもしれないんですぜ」

佐吉は額に縦じわを寄せて口元を歪めた。

「でも、相手は武術の達人なんでしょ。とても無理よ」

タカの言葉にもわたしは寒気を覚えた。主水正がわたしのように腕に覚えのない武士なら、寄ってたかって殺してしまおうという意味に聞こえたのである。わたしの考えは、せいぜい主水正から大小を奪って縛り上げるくらいのことだった。

「四人で力を合わせて不意を襲えば、いかに柳生さまでもかないっこありませんよ」

佐吉は凄みのある声で低く笑った。

「わたしには人殺しなんてできない」

つよい口調に二人は亀のように首をすくめた。

「そうですよ。それじゃあんまり乱暴じゃないですか」

駿河屋も顔の前で大仰に手を振った。

沈黙の時がややあって、佐吉はにやっと笑った。

「あははは、戯れ言ですよ。手前には猫一匹殺せやしません」

そこでわたしは気づいた。もしかすると、佐吉もそんな凶暴なことをいい出して、わたしたちがどんな答えを返すかを確かめているのかもしれない。

玄蕃の奇妙な死にざまと、外川屋惣右衛門への不信感にわたしたちの誰もが疑心暗鬼になっているのだ。

そのときである。母屋の西の方角から野太い声が響いた。

「うわっ、なんだ。おまえたちは。うわわっ、やめぬかぁ」

わたしたち四人は顔を見合わせた。

「や、柳生さまだわ……」

タカがいい終わらぬうちに、わたしと佐吉は立ち上がった。

草履を履くのももどかしく、全員が庭へ飛び出た。

わたしの心ノ臓は激しく拍動していた。

母屋の角を曲がったわたしの眼に、厠の前に倒れ伏している男の姿が飛び込んで来た。

「きゃーっ」

タカが叫んだ。

右側の小便用の部屋の前に仰向けに倒れているのは主水正にほかならない。

主水正の両手は力なく地面を引っ掻いている。

「主水正どのっ」

わたしは夢中で主水正に駆け寄ろうとした。

「林さま、蜂がいますっ」

佐吉が背後から短く叫んだ。

耳元で幾つもの羽音がうなった。

「わわっ」

背筋が凍った。わたしはあわてて一間ほど飛び退いた。

見まわすと、主水正のまわりに十数匹の大きな蜂が飛び交っている。鮮やかな橙と黒の縞々、熊蜂（オオスズメバチ）である。もう一度見直すと、主水正の頭や顔に何匹かの熊蜂が止まっている。

「助けなきゃ」

タカが金切り声を上げた。

「蜂を追い払おう。主水正どのを助けるのだ」

わたしは震える膝をおさえつけて皆をうながした。

「そうですよ。このままじゃあまずい」

駿河屋も切羽詰まった声を出した。

「急ごう」

「冗談じゃありません。みんながやられちまいます」

歩き出そうとしたわたしの袖を引いて佐吉が険しい声で止めた。

「放っておけるわけがないだろう」

「近づいたら、蜂はこちらを敵とみて襲ってきます。ここはひとまず母屋に戻りましよう」

「しかし……」

主水正を見捨てるのは心苦しかった。

「とりあえず間を置いて蜂が飛び去るのを待ちましょうよ」

「あいわかった」

佐吉の言葉に従って、わたしは母屋の角まで退却した。

「柳生さまを害そうだなんて、みんなであんなこといわなきゃよかったんですよ」

泣き出しそうな駿河屋の声だった。

「何かをいったから、主水正どのが蜂に刺されたというわけではないだろう」

「そりゃそうですけどね……人を呪わば穴二つって言葉もありますでしょ。あたくしたちにだってこれからどんな災厄が降りかかるかわからない。やっぱり人に悪しかれなんて考えるもんじゃないんですよ」

駿河屋はいくぶん惑乱気味だった。

「落ち着け駿河屋……ところで佐吉、蜂の巣が近くにあるのか」

「少なくとも建物にはございません。昨日掃除したときにそんなものがあったら取り除いておりますんで。が、塀の外には雑木林もあります。蜂の巣くらいあっても不思議はないですな」

「したが、仮に蜂の巣があったとしても、なぜ、あんなにたくさんの蜂が主水正どのを襲ったのか」

「たしかに林さまの仰せの通りです。まるで、蜂の巣に手を突っ込んだみたいになっていましたな」

「ご無事だとよいのですけど……」

タカが祈るような調子でいった。

「何匹もの熊蜂に刺されたら、いくら剣の腕があったって、無事ではいられませんや……そろそろようすを見てみましょうか」

佐吉の言葉に従って、わたしたちはふたたび母屋の角を曲がり、厠の見える場所に足を踏み入れた。

意を払って厠の周辺を見まわしたが、すでに蜂は飛び去ったようだった。

いくぶん及び腰になりながら、わたしたちは厠に近づいて行った。

主水正の顔は出来の悪い唐茄子(とうなす)（カボチャ）のように腫れ上がっていた。人相が変わって、もはや誰だかわからぬさまとなっていた。

「ひどい……ひどすぎる……」

ついさっき、殺すのなんのといっていたくせに、タカは心底、悲しげな声を出した。

「主水正どのっ」

声を掛けながら、わたしは主水正の身体を抱え起こした。

弱々しいが息がある。

「しっかりなさい」

だが、身体が小刻みに震えている。

「とりあえず、主水正どのを母屋に運ぼう」

わたしが声を掛けると、駿河屋と佐吉がこわごわ近づいて来た。

そのときである。

全身がガクッガクッと大きく痙攣（けいれん）したかと思うと、主水正は「くっ」というような息を吐いた。

抱えている両肩から力が抜けた。

わたしはあわてて首元に指を当てた。

「脈がない」

ぶ厚い胸も動いておらず、息も止まっている。

わたしは無念のあまり目を閉じた。

目を開いたわたしは、主水正の屈強な身体をふたたび横たえて立ち上がった。

「主水正どのは亡くなられた……」

「いやっ、またっ」

タカの悲痛な声が響いた。

「ねぇ、なんなのよ」

タカは半狂乱になって佐吉に食って掛かった。

「祟りよ。猿島の祟りよ。この島から出してよ」

「無理です。どうか明日の朝までこらえて下さい」

佐吉は弱り顔で手を合わせた。

「いまは主水正どののご冥福を祈ろう」

わたしは瞑目して合掌した。

「南無釈迦牟尼仏……」

ほかの三人は、わたしの側にうなだれて立った。

「南無阿弥陀仏、南無阿弥陀仏」

「南無妙法蓮華経、南無妙法蓮華経」

「唵摩訶摩訶迦嚧尼迦耶薩婆訶」

かたわらで駿河屋の念仏とタカの題目、さらには佐吉の真言が響いた。

「おや……」

目を開いたわたしは違和感を覚えた。主水正のなきがらの向こうに見える厠の床に妙なものがある。

歩み寄って屈んで見ると、小用房の床に奇妙なものが敷いてある。

それは一枚の亀甲金網だった。

先刻、用を足したときに、そんな物がなかったことは、わたし自身が知っている。

金網を拾い上げてゾッとした。

「これは……」

金網の下に熊蜂の死骸が十四ほど潰れている。

しかも、金網の四隅には乾いた土が粉々に散っている。

乾かして固めた土塊を支えとして金網を浮かせておいたのだろう。

小用を足そうとして金網の上に立つと、身体の重みで土塊が潰れる。金網が下へ落ちて蜂の死骸を潰すという仕掛けなのだ。

「これですよ。これが柳生さまの生命を縮めたんでございますよ」

佐吉がうそ寒い声を出した。

「どういう理屈なのか」

「蜂っていうものは自分の仲間が殺されると、その臭いで敵を見つけて襲いかかるんです」

「よくそんなことをご存じですね」

駿河屋も感心した声を出した。

「手前は若い頃、植木職人に弟子入りしていたこともございまして。植木屋は絶対に蜂を潰したりしません。襲われるだけですから」

「つまり……何者かが、主水正どのを殺そうとして、金網の下に熊蜂の死骸を置いていたというわけですか。用を足そうとしてこの金網の上に乗った途端、死骸が潰れて、その臭い目がけて蜂が襲ってくる。そんな仕掛けを作っていたのだな」

「でも、仕掛けを作った後にどなたが、最初に厠を使うかはわかりませんよね。手前はまぁ、裏側の奉公人用の厠を使いますが……」

「佐吉のいうとおりだ。狙われたのはわたしたち四人だ。くせ者は、四人の男のうちの誰が狙われてもよかったのだ。念のため、隣の房も調べてみよう」

わたしたちは大便用の房の引き戸を開けた。

こちらには金網などの怪しい仕掛けはなかった。

「くせ者は、やはり男だけを狙ったようだね」

「祟りよ。あたしたち五人ともずっと一緒にいたじゃない。やっぱり祟りなのよ」

わたしの言葉にタカが嚙みついた。

「おタカさん、物の怪がこんな面倒な仕掛けを作るわけがないだろう。これで祟りなどではなく、何者かの仕業だとはっきりしたと思うんだ」

「じゃあ、誰なの。誰の仕業だっていうのよ」

しかし、タカの問いに答えられる者はいなかった。

主水正に割り当てられている離れは『高砂』の西隣にある『蓬萊』だったが、とてもそこまでなきがらを運ぶ気力はなかった。

主水正は死んだ。だが、熊蜂が襲ったとしても、襲われた者は必ずしも死ぬとは限らない。その意味で、焼殺された松平玄蕃の場合とはいささか異なる。運が悪かったともいえよう。

すでに夏の陽は斜めになって、茶寮全体を橙色に染めていた。

酒のためかそれとも繰り返される惨事に心が昂ぶっているためか、わたしの全身は熱く火照っていた。

海から吹き上げてくる風が火照った身体に心地よかった。だが、わたしの心ノ臓の早打ちは容易には鎮まってくれそうになかった。

4

母屋へ戻った四人の誰の心にも重苦しいものがのしかかっていた。

「お二人のお侍さま。なぜ殺されたんでしょうね……」

タカがぽつりといった。

「守る者と守られる者の双方が殺された。これで収まってくれるはずだ」

わたしは少しも信じていない気休めを口にした。

「そうあってほしいですよ。あたくしは別段、生命を狙われるような覚えはございませんから」

「あたしだってないわよ」

駿河屋は半泣きになり、タカは声を尖らせた。

「二人とも落ち着きなさい。もう何ごともないさ」

気休めでも重ねて口にしていると、なんとなく信じられるような気になるものだ。

わたしはそんなことを感じていた。

「ねぇ、もうちょっと飲みましょうよ。飲まなきゃ怖くていられないわ」

タカの言葉に佐吉がうなずいた。

「夕餉を作って参ります。そろそろ陽も沈みますんで」

「お腹(なか)は空(す)いてないのよ。飲みたいだけよ」

「わかりました。じゃあ、お腹にたまらないものをこさえて参りましょう」

佐吉は作り笑いを浮かべて去った。

佐吉が去った後、わたしは考えていた。

『高砂』の離れに、誰がどうやって火を点け、玄蕃を焼き殺したのかはわからない。

しかし、少なくとも主水正を蜂害で殺すことは、佐吉にはできたのではないか。

あらかじめ亀甲金網や蜂の死骸などを用意しておき、二度目に太歳を湯がきに行ったときに厠に仕込んだとしたら……。そんなことはほんの煙草一服の間もあればできることだろう。

――いっそ、こっそり殺しちまったらどうです。

そういった凄みのある顔を思い出して、わたしは背中が粟立つのを覚えた。

と同時に、主水正に斬られるかもしれないなどという言葉を、不用意に口にした己の軽率さを恥じた。もしかすると、わたしの余計な言葉が、佐吉を殺しに駆り立てたのかもしれないのだ。

しばらくすると、佐吉は徳利と盃の載った漆盆を捧げてきた。

「浦賀で作っているものなので、お口に合うかわかりませんが」

言葉とは裏腹に、佐吉の顔には自信があふれているように見えた。わたしはその得意げな表情を見ているうちに、主水正殺しは佐吉ではないという気がしてきた。人を殺したようなかげりが少しも見えなかったからである。

「イカの塩辛ですね。こりゃあ乙だ」

さっそく箸を出した駿河屋が大きく舌鼓を打った。

わたしも、樺色に光る塩辛を口元に運んだ。

三日ほど寝かすものだと聞いているが、新鮮なイカを使っているのだろう。まったく生臭くはない。歯ごたえがよく、旨味たっぷりだった。おまけに塩加減もちょうどよい。

「たしかにこれは美味いね」

「ほんと、ほっぺたが落ちそうよ」

先に変わらず、灘の生一本という酒は素晴らしいものだった。ぬるい燗のつけ加減もよく、三人は次々に盃を重ねた。

「佐吉、おまえも飲んだらいいじゃない」

「え、いや、お客さまとご一緒ではご無礼です」

膝を揃えて座っていた佐吉は、生真面目な顔で断りの言葉を口にした。

「初めにあんたいってたでしょ。今日は無礼講だって。それにあたしたち、あんな怖い思いをしたんだから」

「そうだ、佐吉。遠慮には及ばぬよ」

「厄落としだよ。ぐっと一杯いきましょう」

皆の誘いに佐吉は頬をゆるめた。

「ありがとうございます。せっかくの思し召しですんで、お言葉に甘えて頂戴します。手前の盃を持って参ります」

しばらく佐吉は帰ってこなかった。

「どうしたんでしょうねぇ。ずいぶん手間取っているみたいですね」

駿河屋が懸念げな声を出した
「そうねぇ。遅いわねぇ」

「ちょっと見てきましょう」

わたしは刀を片手に立ち上がった。もっとも刀が役に立つほど刀技を修めているわけではなかったが。

厨は控えの間と廊下を経てすぐ西側だった。

夕陽の降り注ぐ廊下に出ると、小気味よい包丁の音が響いてきた。

わたしが厨の戸を開くと、佐吉が四角い顔を出した。

「ああ、お待たせしてすみません」

佐吉は、白い惣菜（そうざい）が山盛りの皿を両手で抱えていた。

「三浦大根で、こんないたずらをしてみました」

それは大根を千切りにして塩昆布と和えて塩もみしたものだった。南蛮（唐辛子）の輪切りが彩りを添えている。

「肴を作ってくれていたのか」

「へぇ、あり合わせでございますが」

客間に戻ると、肩を寄せ合うように座っていたタカと駿河屋が、ホッとしたような顔でわたしたちを見た。

「佐吉が、三浦大根で肴を作ってくれたぞ」

「三浦といやぁ、練馬と並んで大根の本場だからね。こりゃあ楽しみですよ」

駿河屋が舌なめずりをした。

「いやもう、もみ昆布はすぐ作れます。いま取り分けますんで」

「面倒ですよ。あたくしは直箸でいいですよ」

「わたしもかまわんよ」

タカは、さっさと箸をつけて嬉しそうな声を出した。

「佐吉、あんた飲んべえね。だってね、こんなにお酒に合うおつまみ作れるんだから」

「まったくだ。木挽町(こびきちょう)の煮売り家で出したら、行列ができるよ。こりゃ」

駿河屋は上機嫌で箸と盃を交互に口に運んでいる。

よい具合にもみ込まれた大根に、塩昆布の塩気と旨味が染み込んで酒に合う。わたしもついつい酒量が増えてしまった。

「あたくしはすっかり酔っ払っちまいましたからね。もう離れで休みます」

駿河屋は両手を後ろについて、肩で大きく息をしている。

「ここで休んだらどうなの」

タカは不安げにいった。

「色気商売ですからね。さすがにご他人さまの前で寝るわけにはいきませんよ」

「なるほど、そりゃそうね」

「役者ともあろうものが人前で鼻提灯(はなちょうちん)と高いびきでは皆さま興ざめでございましょう」

駿河屋は片眉をひょいと上げてひょうきんな顔を作った。

「そうねぇ、あたしも見たくない」

さすがにタカも吹き出した。

「それじゃあ、夕飯まで、あたくしは少し休ませて頂きますね」

生あくびをしながら駿河屋は立ち上がった。


〽藤沢、平塚、大磯がしや、小磯の宿を七つ起きして、早天早々相州小田原透頂香。

　隠れござらぬ貴賤群衆の、花のお江戸の花ういろう

駿河屋は歌うように何かの口上を述べ立てながら、母屋を出ていった。

「あれはなんの口上だ」

「あら、林さまご存じないの。『染手綱初午曽我』一番目、曽我十郎が身をやつした小田原ういろう売りのせりふじゃないの」

「なんだ、芝居のせりふか」

「この二月にも市村座で掛かって、病を押して出た成田屋（二代目市川團十郎）さん

のういろう売りが、そりゃあもう大評判だったのよ」

「わたしは芝居など見ぬからな」

「あら、つまらない」

駿河屋の口上がきっかけとなって、座敷に残ったタカ、佐吉、わたしの三人は芝居や相撲の話などでしばらく盛り上がった。

おそらく誰の心にも二人の武士が死んだ恐ろしさを、ひとときでも忘れたいという思いがあったのだろう。

それからも、とりとめのない話題とともに酒は進んだ。

「そんなわけで、向島の会亭（料理茶屋）で、板前修業をしていたこともございます」

「佐吉ほどの腕があれば、じゅうぶん料理屋を開けるな」

「お言葉はありがたいですが、手前には料理の才分はないのでございます。外川屋の旦那さまにここの番人として雇って頂く前には、あちこちの下働きを転々としていたようなわけでして、こちらで雇って頂けてどれほどありがたかったか」

佐吉は、肩をすぼめた。

「そうか、ここで人生巻き直しと考えていたのだな」

「主人二代目外川屋惣右衛門は、かつてのようにこの茶寮を使おうという話でした。ですが、こうして立て続けに人死にが出てしまったからには、もはやかなわぬ夢でございます……」

佐吉が盃を手に嘆いたそのときのことである。

「ぎゃあああああっ」

庭の向こうで絶叫が響いた。

「きゃっ」

叫んでタカは盃を取り落とした。畳に酒がこぼれて散った。

「な、なにいまの声……」

「駿河屋さんのお部屋は西端の『千歳』でございます」

佐吉の言葉と同時に、タカが部屋を飛び出した。わたしと佐吉も後に続いた。

わたしたちは、前庭を斜めに走った。

「内側から心張り棒が掛かっています」

引き戸に手を掛けた佐吉が振り返って叫んだ。

「三人で力を合わせましょう」

佐吉の言葉に従って、わたしたちは引き戸に体当たりを始めた。

右肩が痛くなったが、かまっている場合ではなかった。

しばらくするとカランという乾いた音が響いて、心張り棒がはずれた。

力一杯引き戸を開けて、わたしたちは土間に踏み込んだ。

(むっ、血の臭いだ)

心ノ臓が激しく収縮した。

離れじゅうがなまぐさく、わたしは一瞬、顔を背けた。

だが、気を取り直し、懸命に土間へ視線を戻した。

土間には大きな血だまりができて、端から血の滴がポタポタとしたたり落ちている。

「駿河屋の親方ぁ」

タカはそのまま板の間に駆け上がった。

板の間の真ん中には、駿河屋こと二代目大谷廣次が血だまりの中に横たわっていた。

顔にはすでに血の気がなく、唇も真っ青だった。

「こ、これは……いったい……」

わたしの両脚の震えは収まってくれない。

首筋を突かれたらしい。左の首のあたりには血のりがべっとりとこびりついている。

血しぶきは顔の左半分を染めて、見るも無惨だった。

あたりに刃物などの凶器は見当たらなかった。何者かが首を刺して逃げ出したのだろう。

「しっかりしてよ。親方、しっかりしてぇ」

タカは駿河屋の上体を抱え起こした。

汚れるのもかまわずに、タカは血だらけの身体を揺すり続けた。

わたしは啞然（あぜん）とした。タカはなぜ、こんなにも取り乱しているのか。

「親方。なんで死んじゃったのよぉ」

髪を振り乱してタカは叫んだ。

「だめですか……」

佐吉は暗い声で訊いた。

「脈も打ってないし、胸も動いてないのよぉ」

タカは激しい声で叫んだ。

「おかみさん、あきらめましょう」

佐吉はタカの肩に手を掛けた。

「ひどい、ひどすぎるっ。なんで親方が、殺されなきゃいけなかったのよぉ」

振り返ってタカは叫んだ。

叫んだことで収まりがついたのか、タカは力なく立ち上がった。

「お知り合いだったんですね」

佐吉の問いにタカはこくんとうなずいた。

「隠してたけどね。ほんとうは昔からの知り合いだったのよ」

いまの身も世もないような取り乱し振りからすると、ただの知り合いというより、かつては深い仲だったのかもしれない。

「それは……しかし、誰がいったいこんなことを……」

「わからぬ。ただ、我ら三人でないことだけはたしかだ。悲鳴が聞こえたとき、全員が客間に揃っていたわけだからな」

わたしの言葉に、タカは食って掛かった。

「そんなこと決まってるじゃないっ。だから、いったい誰なのよっ」

「い、いまは……とにかく駿河屋の冥福を祈ろうではないか」

とにかくタカを落ち着かせることが先決だった。

わたしは先んじて合掌した。

少しは落ち着いたのか、タカも隣で合掌した。

三人は駿河屋の冥福を祈ると離れを出た。

すでに陽は海に沈んだようで、夕闇が忍びより始めた。

ヒグラシの声も途絶えて、静寂が前庭を包んでいた。背後の崖下から岩に打ち寄せる波の音が静かに響いてくる。

気休めに過ぎないが、佐吉は引き戸を閉めた。

「入口の引き戸には内側から心張り棒が掛かってました。それに、この離れも腰高窓から人が入ることは難しい。くせ者は、いったいどこからやって来て、どこへ消えたのでしょう」

佐吉は低い声で一番の疑いを口にした。

もちろん、その謎を解ける者はいなかった。

「たしかに奇妙としかいいようがないな……ともあれ、母屋で休もう」

わたしの言葉に従って、生き残った三人は、とぼとぼと母屋に戻っていった。

5

母屋に引き返したわたしは、何をする気力もなくなっていた。

すっかり外は暗くなり、佐吉は客間や廊下などに置かれた置行灯（おきあんどん）に次々に火を入れてまわった。

最後に松の間の天井から吊された大きな八間行灯に火を入れた。

母屋全体があたたかい光で包まれ、わたしは少しだけホッとした。

だが、気持ちはどんよりと重かった。

この島にいた六人のうち、誰ともわからぬくせ者の手によって、半分の三人が殺された。残るわたしたち三人にだって、いつ魔手が忍び寄るかわからないのだ。

自分に割り当てられた『羽衣』に戻って、タカは血のついた着物を着替えてきた。今度はあっさりとした浅葱色の生地に白い井桁絣を織り込んだ上布を着てきた。色白の肌によく似合っていた。

「一杯ちょうだい」

タカが盃を手にしたので、わたしも飲み直すことにした。

しばらくの間、三人は無言で飲み続けた。

「ねぇ、なんで三人は殺されなきゃならなかったのかしら」

ぼそっとタカがつぶやいた。

「だってね、あたしは誰かに殺されるような覚えはないの。三人は殺されるような悪いことしてたのかしら。林さまどうなの」

「いや、わたしも誰かに殺されるような覚えはない。碁打ちだから武門の恨みなんてものもない……」

　これは本音だった。どう思い返してみても、殺されるほど人に恨まれているとは思えなかった。

「じゃ、佐吉はどうよ」

「えっ、手前ですか……」

　佐吉が青ざめているような気がする。

「善人とは申せませんが、殺されるような覚えは……」

　佐吉の口調はいささか歯切れが悪かった。

　わたしは、タカも佐吉もまったく信用していなかった。しかし、どう考えても二人に、いままでの三回の凶行を犯せるはずはなかった。

「ああ、喉が渇いちゃった。ねぇ、佐吉、何か汁でも作ってくれないかしら」

　しどけなく肩を落としてタカは酒気を吐いた。わたしの好みとは大きく隔たる女だが、多くの男たちの気を引くそぶりだろう。しかし、いまはそんなのんきなことを考えている場合ではなかった。

「そうですな。真鯛(まだい)のうしお汁でもお作りしましょうか」

「いいわね。酔い覚めのうしお汁は何よりのご馳走(ちそう)よ」

「厨に置いてある水瓶(みずがめ)の水がほとんど尽きてしまいました。井戸から汲んで参ります。少々お待ち頂けますか」

「佐吉一人で行くのか。もう外はすっかり暗いではないか」

「そうよ、また怪しいことが起きたらどうするのよ」

「でも、明日の朝まで厨に水がなければ。いろいろと難儀いたしますんで……」

「わたしも同行しよう」

「あたしもここに一人でいるのは嫌よ。一緒に行くわ」

「でも、お客さま方にそんなことをさせては……」

佐吉は肩をすぼめて尻込みした。

「何いってるんだ。こうなったら客も手代もないだろう」

「そうよ、襲われたらどうするのよ。遠慮してる場合じゃないでしょ」

わたしたちが口を極めていうと、佐吉も怖(お)じ気(け)づいたらしい。

「ありがたいお言葉でございます」

佐吉は丁重に頭を下げた。

「遠慮することはないわよ」

「こうなったら、三人は肩を寄せ合っているしかないだろう」

わたしは大真面目だった。明日の朝までは厠でもどこへでも三人で行くつもりだった。

土間で火を入れた二つの提灯をタカが持ち、わたしと佐吉がそれぞれ二つずつ手桶を持って外へ出た。できることなら井戸に行く回数を減らしたかったが、大きな桶は重いので厨に置いてあった三升桶を選んできた。

庭に出たところでわたしたちは耳を澄まし、あたりのようすを窺(うかが)った。

潮の香りを乗せた西風がさわやかに身体を吹き抜けてゆく。茶寮を取り囲む松林の松籟(しょうらい)の音が耳に心地よかった。

静かで落ち着いた茶寮の敷地は、とても三人が奇怪な死を遂げた場所とは思えなかった。

わたしたちは敷地の東端にある井戸を目指して、庭を横切っていった。

右手に見えている離れには玄蕃や駿河屋のなきがらがある。わたしはなるべく前方のみを見て歩こうとした。

「井戸には今日はじめて行くのか」

そんな臆病さを隠そうとして、わたしは佐吉に声を掛けた。

「長く水瓶に入れておきますと、水がまずくなりますんで、昼に一回汲みに行って参りました」

「佐吉には、いろいろと気遣いをしてもらっているな」

「いえ、少しでもお客さまに喜んで頂ければと思っておりましたから……」

佐吉は言葉を呑み込んだ。

せっかく手を尽くしてもてなしてくれていたわけだが、訪客のうちの三人はとんでもない不幸に見舞われてしまった。

母屋の東側の角を曲がると、提灯の明かりで屋根掛けのつるべ井戸がぼんやりと浮かび上がってきた。

島であるだけに井戸があるのはありがたい話だが、相当に深く掘っているのだろう。

「ここからは狭いんです。お二人はお待ちになっていて下さい。提灯をこちらにかざして下さるとありがたいです」

佐吉は井戸から一間ほど離れた場所で告げた。たしかに井戸と母屋の間の幅は狭かった。

わたしは手桶を足元に置き、提灯のひとつをタカから受け取った。

「これでいいかしら」

タカは井戸に向けて提灯を掲げ持った。

「ええ、それで結構です」

佐吉は両手に手桶を持ってわたしたちに背を向けると、井戸に向かって歩き始めた。

しばらくすると、佐吉は井戸の前に屈み込んで作業を始めた。すぐにぽちゃんと水面につるべ桶が落ちる音が聞こえた。

滑車のきしむ音が聞こえ始めた。

そのときである。

ヒュッと空を切る音が闇に響いた。

「うわっ」

叫び声とともに、佐吉が仰向けにひっくり返った。

つるべ桶が水面に落ちる音がふたたび響いた。

わたしには何が起きたのかわからなかった。

「こ、こわい……あたし、こわい……」

かたわらでタカはうずくまり両手で顔を覆って震えている。

できることなら、わたしもきびすを返して逃げ出したかった。

だが、佐吉を放っておくわけにはいかない。

しばらく時を置いて、何の変化も起きないことを確かめた。

「おタカさん、ここにいなさい」

抜き足差し足で井戸に近づく。

宙を向いて倒れている佐吉は胸をかきむしっていた。

「ぐわわわっ」

苦しさから逃れようと、佐吉はごろごろと左右に転げている。

佐吉の胸の真ん中近くに棒状の物が突き刺さっていた。

「しっかりしなさいっ」

抱え起こしたが、苦しむ佐吉の力は強く、わたしは撥ね飛ばされ掛けた。

だが、それは断末魔の動きに過ぎなかった。

「うおおおおっ」

もう一度叫んですぐに、佐吉の身体は動きを止めた。

もがいていた両手も力なく地に落ちる。

「佐吉、佐吉っ」

肩を抱えて身体を揺すったがむなしかった。首で脈をとったが、わたしの指先に脈動は伝わってこなかった。

また敵が襲ってくるかもしれない。

わたしは佐吉をあきらめ、タカがうずくまっているところまで戻った。

「佐吉は……どうなったの」

タカの問いかけに、わたしは力なく首を振った。

「ダメだった……」

「いやよ、いや。また、殺されたの。いったい誰なのっ」

もう何度聞いたかわからない、タカの絶叫だった。

井戸のまわりの竹林が西風にざわざわっと鳴り、竹の幹がぶつかるカッカッという音が響いた。

恐ろしくてつるべ桶には触れられなかった。わたしたちは水汲みをあきらめ、佐吉のなきがらもそのままに、母屋に戻った。

行灯の明かりが、あちこちに光っている。だが、ついさっき灯(あか)りを点けてくれた佐吉はもはやこの世にいないのだ。

わたしとタカは力なく座敷に座った。

「あなたとあたし、二人だけになっちゃったわね」

ぽつりとタカがつぶやいた。

「明日の朝、迎えの舟が来るまで、なんとか耐えよう」

「だけど、どうすればいいのか、わからない」

「まず眠らないことだ。寝ている間に襲われるかもしれないからな」

「とても眠れそうにないわよ」

タカは唇を尖らせた。

「この母屋の戸を閉めて心張り棒を掛けよう。戸を閉めたら、すべての部屋をまわって怪しい者がいないことを確かめるんだ。母屋から一歩も出ないでいれば、敵も入って来られぬ」

「わかったわ。用足ししたくなったら、土間でする……」

「そうだとも。厠にも行ってはならぬ。とにかく、この母屋から出ないことが肝心だ。いままでの殺しもすべて母屋の外で行われている」

「そうね。ここから出なければ心配ないわよね」

タカは祈るような口調でいって、すがるような眼でわたしを見つめた。

まずは濡れ縁に向かい、すべての雨戸を立てた。一挙に蒸し暑くなったが、そんな悠長なことをいっていられる事態ではなかった。

わたしたちは手燭（てしょく）に火を点けて、戸口に向かった。この母屋にも内側に閂があった。

島の中の建物だというのに外川屋惣右衛門は用心深い男なのだろう。何者かが舟でやってきて押し込みに入ることを恐れたのだろうか。

続けて西側の厨、納戸、奉公人部屋を見てまわった。わたしが先に立ち、タカが続いた。二人ともへっぴり腰になって恐る恐る部屋の中に入って、手燭で四隅を丹念に見まわした。だが、どこにも人の影はなかった。

厨には、木棚に太歳が残っていたが、いまさら食べる気にはなれなかった。

後はいままでずっといた松の間の北側にある竹の間と梅の間だった。二つの客間は松の間とはふすま一枚を隔てているだけである。松の間にいるときに人の気配はまったくなかった。もちろんというべきなのか、ここにも誰もいなかった。

「とりあえずは、これで誰も入って来られなくなった」

「少しはほっとした」

タカの顔が少しやわらかくなった。

「ねぇ、林さま、あたしのことすっかり忘れてるのね」

とつぜん、タカが口元に笑みを浮かべ、思いも掛けぬ言葉を口にした。

「やはり前にどこかで会ったことがあるんだね」

「いやだ。薄情ね……情を交わした女を忘れるなんて」

タカの瞳が蠱惑的に輝いている。

「なんだって……それは……どういう……」

わたしは驚きのあまり言葉が続かなくなった。

「知られたくなかったから、黙ってたけど、もう生き残ったのはあたしたち二人だけなんだから、思い出してもらおうかしら」

タカの唇がみだらに光っているように思えた。

人は恐怖感から情欲をもよおすことがあると聞いている。あるいはタカは、わたしに抱かれたがっているのではないか。

だが、尋常な心しか持っていないわたしは、とてもではないがそんな気にはなれなかった。

「お、教えてくれ。わたしとおタカさんの間に何があったんだ」

「その前にまず一杯やりましょうよ」

タカは焦らすように笑って、畳の上に残されていた木盆から盃をとり、自分で徳利から酒を注いだ。

わたしも手酌で酒を注いだ。

タカは口元に盃を持っていって一気にあおった。

わたしが盃に口をつけたそのときである。

「うあああっ」

いきなりタカが盃を放り出してうめいた。

熱いものに触れたように、わたしも口元に当てた盃を投げ捨てた。

「なんなの、これ……」

かすれ声とともにタカが瞳を大きく見開いた。

白眼が震えて、歯がカチカチと鳴っている。

やがてタカの顔いっぱいに汗が噴き出した。

「どうしたんだ。いったい」

自分の首をタカは両手でおさえた。

「い、息ができない……」

タカの華奢な身体が仰向けに倒れた。

畳の上で全身が、激しく痙攣し始めた。

「どうしたんだっ、おタカさんっ」

タカの顔はみるみる真っ青になっていった。

身体の動きはすぐにとまった。

首筋に指を当ててもピクリともしなくなっていた。

「毒だ……」

毒は酒に入っていたのだ。

運のいいことに、わたしはまだ盃に口をつけていなかった。

しかし、いったい誰がいつ毒を入れたのか。

この母屋には誰もいない。

そのことはついさっきわたし自身がタカとともに確かめたばかりだ。戸口にもしっかり閂を掛けた。外から人が入ってこられるはずはない。

わたしはしばらく呆然と畳に座り続けていた。

タカを含めて、いままで殺された五人に対しては、とくに親しみを感じていなかった。そうはいっても、間近で一緒にいた人々が、すべて奇怪に殺されてしまったのだ。

恐怖に打ちひしがれない者がいたとしたら不思議だ。

蒸し暑いにもかかわらず、わたしは背筋にあふれ出る冷や汗を抑えることができなかった。

六人のうちで、わたしだけが生き残っている。

松平玄蕃は『高砂』の離れで焼殺され、駿河屋二代目大谷廣次は『千歳』の離れで首を刺されて死んだ。杉本右近を騙(かた)っていた柳生主水正が厠で熊蜂に刺されて死んだ。さらに佐吉が井戸の前で矢のようなもので胸を射られて死んだ。たったいま、タカが酒に入れられた毒で死んだ。

わたしはすべてを書き残すことにした。

幸い、客間には、筆墨が備えられていた。

明日の朝、迎えの舟が来たら大騒ぎになるだろう。役所の調べもあるはずだ。そのおりに、わたしが兇徒だと疑われてはたまらない。

このままではわたしは人殺しにされてしまう。

わたしは兇徒ではない。そのことをきちんと役人に示さなければならないのだ。

誰もいない母屋から出ず、何も口にしなければ新たな危険が生ずるはずはない。

時計もないし、時の鐘が鳴るわけでもないのでいまの刻限は分からない。ただ、たぶん夜五つ（午後八時頃）くらいにはなっているだろう。

わたしは、この猿島茶寮に着いてから、いままでの出来事をできるだけ詳細に綴り始めた。

「ここに着いてから、タカが死ぬまでのすべてを綴ることができた」

一刻ほどの後、わたしは独り言を口にして筆を置いた。

「わたしが誰一人として、人を殺していないことは、この手記で明らかになる」

手記が、少しでも公儀の役人への申し開きの助けとなることを願う。

明朝、舟が迎えに来て、無事にこの猿島を出られたら……。

いや、何としても生き残らなければならない。

わたしには子がなく、まだ、林門入の跡目も定めていない。ここでわたしが死んでしまったら、林家はどうなってしまうのだ。絶家となってしまうか、ほかの三家から八世を迎えるしかない。父祖に対して、そんなことは決して許されない不幸だ。

わたしは、是が非でもこの島を生きて出なければならないのだ。

ふと、わたしは前庭でものの爆(は)ぜる音に気づいた。

煙の焦げた臭いが、雨戸の隙間から忍び寄ってきた。

庭で何かが燃えているのだ。
玄蕃のように焼き殺されてはたまらない。
外へ出て庭を見るしかない。

第三章　文治郎の謎解き

1

文治郎と甚五左衛門は、林転入門入の残した手記を読み終えた。

「こいつは……まったく不可解な話だ」

文治郎の驚嘆の声に、甚五左衛門は夢から覚めたような顔で答えた。

「ああ、摩訶(まか)不思議な話だ……六人が、次々に殺されていったんだな」

「それも、すべてが誰ともわからぬ兇徒の手によるものだ……」

「やっぱりこの猿島の祟りではないのか」

甚五左衛門は肩をぶるっと震わせて身をすくめた。

「なにを馬鹿なことといってるんだ。祟りで人が六人死にましたって、帰って浦賀奉行に上申するつもりか」

文治郎が鼻先で笑うと、甚五左衛門は眉を吊り上げて食って掛かった。

「それでは、文治郎には、この六人が誰に殺されたかわかるっていうのか」

「はっきりしてはいないが、祟りでないことはたしかだよ」

「拙者には何ひとつとして、さっぱりわけがわからないぞ……いや……」

甚五左衛門は、急に明るい顔になった。

「囲い者のタカだ。なぜなら、林という碁打ちが飛び石に血で書き残しているではないか」

甚五左衛門は得意げに胸をそらした。

「八百か……八百物屋の妾であるタカを指し示しているというわけだな」

「それ以外に考えられないではないか」

「だけど、手記によれば、タカは林転入門入の前に毒殺されている」

「それは林が見誤ったんだ。脈をとるのは意外と難しいもんだ。タカは毒を飲まされて死んだフリをしたんだ。本当は死んでなかったんだ」

「では、タカの首は誰が切ったというのか」

「う……」

甚五左衛門は喉にモノが詰まったような顔で絶句した。

「手記を信じれば、最後まで生き残っていたのは林転入門入ということになるが」

「林がみんなを殺したのではないのか」

「それはないだろう。もし林が兇徒だとすれば、林を殺した者はいったい誰だ」

甚五左衛門は言葉に窮した。

「たしかに、あの林の死にざまは、自分でできることではないな」

「そうだ。林は背後から頭を殴られて死んでいる。少なくとも林を殺し、タカの首を切った者がいるはずだ」

「だが、その時点ではほかの連中は全員殺されていたんだぞ。そうか、林の手記に嘘があるんだ」

「断言はできないが、わたしは手記に嘘はないと思っている」

「なぜ、そういえる」

「筆に迷いがない」

文治郎は確信していた。

「そうか、おぬしは書家だしな」

「嫌というほどたくさんの書を見ている。書というものは嘘をつくとどうしても乱れる。この手記の文字を見てみろ」

文治郎は手にしていた林転入門入の手記をひろげてみせた。

「これだけの分量を綴っていて、少しの迷いも乱れも見られないんだよ」

「なるほど。書者心画也（しょはしんがなり）という古人の教え通りか……」

「まぁ、もしかすると勘違いがあるかもしれないが、とりあえずこの手記を信じて、それで得心のゆく話の筋道を考えてみよう。考えをまとめるための導きとして、これほど使えるものはない」

「死人に口なしだ。ほかに頼りにできるものが、何ひとつとしてないわけだからな」

「先ほどの検分で猿島茶寮の図面も作れた。とにかく、今回の凶事が起きた順序通りに、敷地内をまわってみようじゃないか」

「うむ、異存はない」

文治郎はなきがらを見てまわったときに作った図面を見直した。

まずは常磐屋の妾、タカが首を切られて死んでいた松の間を含めて八つの部屋を持つ母屋。母屋を出たところには囲碁棋士の林転入門入が頭を殴られて死んでいる。離れの名もすべてわかった。離れは西側から『千歳』『福寿』、門から続く坂道を挟んで『蓬萊』『高砂』『末広』『羽衣』と続いている。

西端の『千歳』では歌舞伎役者の駿河屋こと二代目大谷廣次が刺殺されており、真ん中あたりの『高砂』では旗本の隠居の松平玄蕃が焼殺されている。

離れと離れの間には半間幅の細い通路があった。通路の突きあたりは屋根より高い板壁で仕切られている。

敷地の北西端には旗本の柳生主水正が蜂に刺されて死んでいた厠と奉公人用の厠、その奥に蔵がある。反対側の東側には外川屋手代の佐吉が矢で射られて死んでいる井戸があり、奥には湯殿があることも書き入れてある。

「手記に従って、どんな風に人が殺されていったのかを考えることにしよう」

「やっぱり文治郎を連れてきてよかったよ」

甚五左衛門は心の底から感心したような声を出した。

「わたしのことをけなしっぱなしだったくせに、よくいうわ」

「まぁ、もうそれを申すな」

「まずは旗本の隠居という、松平玄蕃が殺された『高砂』に行ってみよう」

図面といま読み終えた林の手記を手にして、文治郎は立ち上がった。

「表門の生首を見ておらぬ」

「ああ、そうだった。じゃ、生首からだ」

文治郎と甚五左衛門、孫右衛門の三人は母屋を出て真っ直ぐ表門に向かった。

瓦の上に載せられた血の気のない首は、目をつぶって意外と穏やかな顔で死んでいた。地面から見上げても目鼻立ちは整っていて生きていたときはさぞや美しい顔だったにちがいない。三十前後と思われる。

「やっぱり常磐屋の妾、タカの首だな。松の間の首なしのなきがらから切り取ったものであることは間違いなかろう」

甚五左衛門は平気の平左で生首をじろじろ見上げている。

「そ、そうだな……」

文治郎は我慢してもう一度、生首を凝視した。

唇から血を流した痕が黒っぽく固まっていたが、毒によるものなのか、苦しさのあまり舌や口の中を切ったためなのかは判然としなかった。

「顔に斑点が出ているなど、毒死と明らかにわかるような痕跡はない」

「そこに梯子が残されている」

甚五左衛門が指さした先の門のかたわらに、一間ほどの短い梯子が横たわっていた。

「その梯子は母屋の裏においてあったものだと思います。わたくしどもが掃除のおりに使っております」

孫右衛門が梯子を見て即断した。

「この梯子を使っても門は越えられぬ……」

甚五左衛門の言葉は正しい。門は梯子の倍近くある。兇徒は梯子の上で身体を伸ばしてなんとか生首を載せたのだろう。

「わざわざ苦労して首を切り離し、こんな高いところに載せたわけがわからぬ……生首を屋根から下ろすか」

甚五左衛門の言葉に、文治郎は首を横に振った。

「たぶんその必要はないだろう。もし、調べたくなったら、後で下ろしてもらう。ここはもういいから、『高砂』に行こう」

煤けた焦げ臭い部屋に文治郎たちは舞い戻った。

わしづかみのような格好で固まった黒焦げの手のひらを天井に向けた玄蕃のなきがらは、何度見ても気味が悪かった。

文治郎は部屋左手の刀掛けに目を移した。

五千石の大身の隠居とあれば、差し料が相州古刀であっても不思議はないし、また、金高蒔絵を施した鞘などの豪奢なこしらえにも得心がいく。

隠居ならば、ある程度は公儀の目も届きにくいだろうし、さらに玄蕃は大病に身を侵されていて余命幾ばくもなかった。不老不死の仙薬という太歳を追い求める気持ちは誰よりも強かったはずである。万難を排してこの猿島へやって来たに違いない。

文治郎の視線はなきがらのかたわらに引きつけられた。

焼け残りの布きれが落ちている。

文治郎は布団の裏地と思われる花色木綿の布をつまみ上げた。

「油が染(し)みている……」

陽に透かしてゆっくりと見つめると、たしかに布地にはなにかの油が染み込んでいた。

「布団に油をたっぷり染み込ませていたんだろう。だから、あっという間に燃え上がって玄蕃も黒焦げになったというわけだ。人には着物を介して火がつきやすいが、板の間にはそう簡単には燃え移らないからな」

文治郎の言葉に、甚五左衛門は疑わしげな声を出した。

「それは油が染み込んでたら燃えるだろう。したが、油まみれの布団で寝る奴なんておらぬよ。ニチャニチャして気持ちが悪いではないか」

「たしかに菜種油や綿油なら、粘って気持ちが悪かろうな……」

そんな言葉を口にしながら、文治郎は一年ほど前のことを思い出していた。

昨年の秋、大きなできものが背中にできた。柳福井町の銀杏岡八幡社裏の町医者は、ヒリヒリする黒灰色の軟膏を文治郎の背中に塗りたくった。

そのままでは着物が着られないと苦情をいうと、若い医者は笑って、傷口にさらし布をあてて油紙のようなものを貼った。

医者の話では清国から長崎へ入ってくる亜麻仁油（あまにゆ）という油を紙に染み込ませたものだそうである。

亜麻仁油は、亜麻という草の実から搾（しぼ）った油で、気に触れると固まる乾性のさらっとした油である。亜麻の茎は布地の原料としてもよく用いられる。

これを紙に浸したものが亜麻仁油紙で、軟膏を塗ったさらしの上に貼り、湿り気を封じ込め、べとつきを抑えるのである。

好奇心が抑えられない文治郎は、亜麻仁油紙を一枚、医者から分けてもらったが、さらっとしていて臭いもほとんどなかった。

「たぶん、亜麻仁油というさらっとした臭いのない油を布団に染み込ませたんだ」

「ほう、そんな油があるのか……」

「それに……」

文治郎は林転入の手記を読み返した。

「玄蕃は背中にも亜麻仁油を含ませた紙を貼っていたかもしれぬ」

「そんなこと書いてあったか」

「ああ、ここだよ。柳生主水正の言葉だ」


――背中が痛むので膏薬を塗って痛みを抑えていたのよ。


「亜麻仁油紙ってのを膏薬の上に貼ることが多いんだ」

「なるほどな。布団の火が背中の油紙に移り、着物に燃え移ったというわけか」

甚五左衛門は鼻から大きく息を吐いた。

「油紙に全身を包まれているのと同じだからな。あっという間に燃えただろう」

「だけど、誰がどうやって火を点けたんだ。ほかの者は母屋に勢揃いしていたし、海側の窓からは誰も入って来られぬのだ」

「たしかに甚五左衛門のいうとおりだな。うーん……」

腕を組んだ文治郎の耳に軒下から風鈴の涼しげな音が響いた。

軒下に目を移すと、『千歳』と同じくこの『高砂』にも鋳鉄の風鈴とびいどろの金魚玉が吊されていた。

文治郎の頭の奥で稲妻が光った。

「孫右衛門さん、昨日の天気はどうでしたか」

「はい、昨日も一昨日も、ここのところしばらくは、今日と同じようなきわめて結構なお天気でございました」

「やはりそうですね」

文治郎は軒下の金魚玉を指さした。

「あれじゃないかな……」

「あれって金魚玉か……おいおい、水を掛けたものを探してるのではないのだぞ」

甚五左衛門は、目を丸くして文治郎の顔を見た。

「むかし、何かの本で読んだ覚えがある。お陽さまの光を集めると、大変な高熱になるんだ。集められた光をしばらく当て続けたら布団が黒っぽい色なら火がつく。孫右衛門どの、ほかの部屋も見ましたよね。この離れに置いてある敷き布団は、どんな色ですか」

「表は紺鼠（こんねず）、裏地は花色木綿でしたな。よくある夜具の色合いです」

「それなら火が点いても不思議はない」

文治郎の声は弾んだが、甚五左衛門はにやにやとした笑いを口元に浮かべた。

「実におもしろい話だな。だけど、それは信じられぬ」

「なんで信じられないんだ」

「だって、ここは南に向いている。少なくともいまと同じ刻限の昼前に、あの金魚玉にお天道さまの光は当たりゃしない」

「甚五左衛門にしては聡（さと）い見方だ」

「ひどいな。拙者を愚者扱いする気か」

「すまんすまん……そうだな」

ふたたび文治郎は考え込んだ。

答えはわりあいと難しくはないかもしれない。

「ちょっとここで見ていてくれないか」

「何をするつもりだ」

「まぁ、見ていろって」

文治郎は『高砂』を出て、庭を大股に歩き始めた。

途中であたりを見まわすと、『高砂』と西隣の『蓬莱』の間の地面に、長い竹竿（たけざお）が何本か積んであった。屋根の上を片付けたり、庭の柿の実を落とすためのものだろう。

（やっぱり竿が置いてあった）

文治郎は一本の竹竿をつかむと、二つの離れの間の通路を海のほうへと歩みを進めた。通路の奥の板壁の上には忍び返しが植えられている。離れと離れの間の隙間から茶寮への人の出入りはできない。

（この茶寮は、実に念入りに盗人避（よ）けが施されているな）

兇徒が『高砂』に、どうやって火を点けたのか……文治郎が考えている、兇徒のもくろみは難しいものであることが痛感された。

（だが、外から入れない『高砂』に、兇徒が火を点けたのはきっとこのやり方に相違

ない）

突きあたりの板壁の前まで来ると、文治郎は着物の隠しから懐中鏡を取り出した。身だしなみに気を遣う文治郎は、いつも鏡を携帯している。物を干すためなど、旅では便利に使える細引きもいつも持っている。

細引きで鏡を竹竿の先にきつく縛りつけた。

（よぉし支度はととのったぞ）

文治郎は竹竿の先につけた鏡を、『高砂』の窓の方向へと突き出した。

「おぅい、甚五左衛門よ。金魚玉に光が当たったら、教えてくれぇ」

文治郎は『高砂』へ向かって声を張り上げる。

「わかったぞぉ」

腰高窓から顔を出しているのか、案外はっきりした甚五左衛門の声が聞こえた。

「どうだぁ」

「もうちょい下だ」

「こんなもんか」

「そう、それくらいだ。んで、もうちょっと左、いやいや行き過ぎだ。ちょっと戻して」

　位置合わせは思ったより手間のかかる作業だった。

「これくらいか」

「あとちょい下。そうだ。そこだ。ドンピシャだ」

「金魚玉に光は当たっているか」

「当たってる。当たってるぞーっ」

　文治郎の問いかけに『高砂』から甚五左衛門の昂ぶった声が響いた。

（やはり鏡を使えば、金魚玉に光を導ける）

　この位置で竹竿を固定すれば、そんなに長い間待たなくても、『高砂』の布団に火を点けることは難しくないだろう。そう、ほんの四半刻もあれば、布団は煙を立て始めるはずである。

　文治郎は竹竿を引っ込めた。

（あとは竹竿をどうやって固定するかだが……）

　視線を左右へ移すと、屋根を支えて並んでいる垂木の端が目にとまった。

　文治郎ははやる心を抑えて垂木を注視する。

「あったぞ」

小指の先ほどの穴が『高砂』側に二つ『蓬萊』側に二つ、あわせて四つ開けられている。

「間違いない」

文治郎は小さく叫んだ。垂木の四個の穴は、文治郎の考えが正しいことを何よりも雄弁に物語っていた。

一人でも手間はかかるができるはずだ。

何度か試しながら、陽を導ける鏡の位置を決める。二つの離れの垂木から何本かの紐でこの竹竿を固定する。そうすれば、『高砂』の布団に火を点けることができるのだ。

紐は見当たらないので外してしまったのだろうが、四本の紐の長さをそれぞれ決めておき、墨で目印をつけておけば、所定の位置に固定できる。

この通路に入ってくる者はあまりいないだろうし、細紐を離れの壁と同じような土色に塗っておけば目立つことはないだろう。

文治郎は這いつくばるようにして、通路の地べたを眺め回した。

「あった、あった、これだ」

地面にはたしかに竹竿の先が当たってできたような凹みが残っていた。

文治郎は鏡を外してふところへ戻すと、足取りも軽く『高砂』へ足を向けた。

「文治郎はすごいな……布団の隅にお天道さまの光が集まって、ほんのわずかな間でかなり熱くなったぞ」

『高砂』の戸口で待っていた甚五左衛門は、つばを飛ばしながら、歩み寄ってきた。

「いや、驚きましたな。あれではすぐに燃え出しましょう」

孫右衛門もしきりと感心している。

「やはり考えた通りだったよ」

「ずいぶんと手の込んだ仕掛けを使って兇徒は布団に火を点けたのだな」

「ああ、玄蕃は具合を悪くして寝込んでいたようだから、布団の隅に火が点いたとしてもすぐには気づかなかっただろう。さらに、林転入門入が泥臭いと書き残している太歳を食べたときにも、何の臭いもしないといっている。鼻が駄目だったのだろう」

「年寄りは鼻も利かなくなっていることがふつうだからな。焦げ臭さに気づかず、そのうちに油が燃え始めたというわけだな……だけど、誰がいったい……」

「そうなんだ。要はそのことなんだ」

火を点けた仕組みはわかったが、火を点けた者については、文治郎にも依然としてまったくの謎だった。

「兇徒の正体は、ゆっくり考えるとして、次の殺しの現場に行こう」

「二人目か。厠の前の柳生主水正だな。剣術の達人だ」

「主水正はやはり剣の腕に秀でているのか」

「ああ、主水正の父親の播磨守久寿（ひさとし）は、ちょっと名の知れた男だよ」

「なんで名高いんだ」

「本姓は村田氏で、はじめ六代さま（家宣（いえのぶ））の御小姓として出仕した旗本だ。けれども、剣の腕が抜群に秀でていたがために、柳生家の前宗主である備前守俊方（としかた）さまから柳生姓を許されたのだ」

「将軍家剣術指南役の柳生家の家名をか」

文治郎は驚きの声を上げた。

「そうよ。領国は大和国の柳生一万石だが、指南役のおつとめのために定府の、その柳生家の話よ」

「さすがに甚五左衛門は直参だけある。よく知っている」

「いや、柳生備前守さまは小大名だが、ご公儀ではとりわけ重いお立場だ。その柳生さまの御家の名を許されたんだから、主水正の親父は、大した腕の持ち主なのだ。直参の間では有名な話だ」

「そうか、では、主水正も達人なんだろうな」

「それはそうだろう。相当な腕があるはずだ」

「では、剣の達人が、どうやって殺されたか、考えてみようじゃないか」

「ああ、それが蜂刺されとは情けない話だが」

甚五左衛門は信じられないという風に首を振った。

潮風に揺れるまわりの松林からアブラゼミの暑苦しい鳴き声が響いていた。

2

文治郎たちは『高砂』を出て、母屋西側の厠へ進んだ。

文治郎は母屋戸口の林転入門入のなきがらの横をへっぴり腰で通り過ぎた。

何度通りかかっても、頭をざっくりと割られた林を見るのは気持ちのよいものではなかった。

「まずは手記にあった金網の仕掛けを見てみよう」

文治郎たちは厠の小用房へ足を運んだ。

「これだ、これだ」

亀甲金網を持ち上げると、たしかに熊蜂の死骸が十一匹分押し潰されていた。

「おいおい、また蜂がやってくるのではないのか」

「平気だよ。いくらなんでも、もう蜂の死骸の臭いもしないだろう」

「しかし、蜂が仲間の仇討ちをするとは知らなかったぞ」

甚五左衛門は死骸のひとつをつまみ上げて眺めながらいった。

「いや仇討ちじゃないよ。蜂は巣を守ろうとするんだ。近くに巣があるとき、蜂を潰すと、その臭いで巣が危なくなったと感ずるらしい。それで、臭いを目がけて襲ってくるんだ」

「ということは、この近くに巣があるってことか……軒下なんかに吊り下がってるあの瓮みたいな奴か」

「いや、赤蜂（キイロスズメバチ）なんかは軒下に瓮のような巣を作る。だけど、この熊蜂（オオスズメバチ）は、土手や大木の洞に巣を作るんだ。だから、巣も見つけにくいんだ」

言葉が終わらないうちに、頭の上でブーンと羽音が響いた。

「うわっ、まだいるではないか」

あわてて甚五左衛門は首をすくめた。

「巣探しは危ないからやめとこう。十中八九は敷地西側の外の林だろう」

文治郎は左手の雑木林を指さした。

「ああ、樫や椎の大きな木があるな。洞があってもおかしくない。だが、文治郎、おぬし庭師でもあるまいし、蜂のことにずいぶん詳しいな」

「蜂なんぞというものはなめてかかると恐ろしいのだぞ」

「要するに臆病ゆえの博識か」

「わたしは幼い頃に蜂に刺されてひどい目に遭ったのだ。蜂は二度目に刺されたときが危ないと聞いたので、詳しく調べただけのことさ」

「なるほどな。そういうことだったか」

「ところで、孫右衛門さん、このあたりには蜂は少なくないんでしょうか」

孫右衛門は得たりとばかりに答えた。

「多うございますとも。お江戸と比べるといくぶん暖かいですからね。熊蜂はこの島ばかりじゃなくて、公郷村にもたくさんいます。時々、村の者も刺されますんで困っております」

「やはりそうですか。じゃあ、そろそろ剣豪のなきがらを検分しようか」

文治郎は厠の右横で仰向けにひっくり返っている主水正のなきがらの前で屈み込んだ。

「こりゃひどいな……」

甚五左衛門は、うなり声を上げた。

「とにかく傷を見てみよう」

文治郎は主水正のなきがらの横に屈み込んだ。

顔にも首にも同じ刺し傷が無数に残されている。

小指の先ほどの赤い斑点の真ん中に血が固まったような黒い染みがポツンと浮き出ているのである。

顔や首に十数個も残るそんな傷を、文治郎はひとつひとつ確かめていった。

「着物を脱がしてみよう」

「その必要があるのか」

甚五左衛門は面倒くさそうに答えを返した。

「腑に落ちない点があるんだ」

藍色の羽織袴を脱がし、着物を剝がす。四肢が硬直しているので苦労した。孫右衛門も手伝ってようやく裸に剝くことができた。

ふんどし一丁になった主水正のなきがらは、四肢の筋肉がよく発達していた。さすがに柳生流の剣士にふさわしい立派な身体だった。だが、すでに死者そのものの不吉な色合いに青黒く変色している。

刺し傷は全身にくまなくひろがっていて、数十箇所もありそうだった。

「背中を見るぞ」

「よし、せーの」

背中にも蜂に刺された赤い斑点は無数にあった。

「おや……これは」

文治郎の眼は、主水正の右肩の下あたりの盛り上がった肉に残る、ひとつの傷に釘づけとなった。

　この傷にも血が固まった黒い染みは残っている。だが、まわりに赤い斑点がない。その代わり青黒い打ち身のような染みが見える。

「おい、甚五左衛門。この傷は蜂の刺し傷じゃないぞ」

　文治郎は自分の声がわずかに震えるのを覚えた。

「なに、この傷か……」

　指さした傷を甚五左衛門が見入った。

「たしかにほかの傷とは見た目が違うな」

　意を払ってよく見ると、真ん中の黒い染みは、ほかの傷よりもわずかに大きい。

　文治郎は脇差を抜いた。

「おい、何をするつもりだ」

　問いには答えず、文治郎はくだんの傷の中心部分に切っ先を当てて軽くこじった。

　刃先が硬いものにぶつかった。

「やっぱりな……」

　文治郎は独り言をいいながら、刃先を肉に突き当てて傷口を小さく切り開いた。

文治郎は脇差を鞘に戻すと、ふところから手ぬぐいを取り出した。

隅を何重かに折って丹念に傷口へ持ってゆく。

親指と人差し指で傷口から突き出ている硬いものをつかんだ。力を入れて引き抜くと、陽光にキラリと光った。

それは一本の折れた鉄針の先だった。

縫い針に似ているがずっと太く、ふとん針に似ていた。

文治郎の考えは当たっていた。

「これだよ。これが主水正の生命を奪ったんだ」

「針だな……」

甚五左衛門の声が乾いた。

「実はな、主水正が蜂に刺されたとしても絶対に死ぬとは限らないだろう。兇徒がそんな不確かな方法で主水正を狙うのはちょっとおかしいと思っていたんだ」

「たしかにそうだ」

「それだけじゃない……」

「まだあるのか」

「刺されてから、あっという間に死んでいるような気がする。蜂で死ぬ人の多くは半刻くらい後に、毒が回って斃れることが多いと聞く」

「でも、それは人によるのではないか。大柄の男と小柄な女では毒の回り方も違うだろう」

「たしかに甚五左衛門の申す通りだ。煙草一服の間で死ぬ者もいるらしい。それにしても主水正は刺されてすぐに死んでいるような気がしていたが、これで謎が解けた」

「どういう殺し方だったのだ」

「厠の仕掛けで蜂をけしかけて弱らせる。主水正がひっくり返ったところで、地面に仕込まれた毒針が主水正の背面に突き刺さった。弱ったところへ、たとえば附子（トリカブト）の毒を入れられれたらひとたまりもない。それがひとつだけ形の違うこの傷さ。地面を掘り返せば、折れた針の根元が出てくるはずだが、その必要もあるまい」

「なるほど。主水正を殺したのは、蜂ではなく毒針ということか」

甚五左衛門は鼻から息を吐いた。

「相手が剣術の達人だけに、兇徒は周到な用意をしていたんだよ」

「そうかぁ。執念深い賊だな。蜂に刺されて柳生新陰流が役に立たないところへ毒針で殺したか。しかし、そんな悪知恵の働くくせ者はいったい何者なのだろう……」

「すべての遺体を検分してから、順序立ててゆっくり考えてみよう」

「それでは、とりあえず三番目の殺しがあった『千歳』に行ってみようか」

文治郎は針をその場に捨て、汚れた手ぬぐいを腰の帯に吊すと、二人をうながした。

三人は前庭へ戻り、右手の『千歳』の戸口へと足を進めた。

3

『千歳』には、いまだに、よどんだ異臭が留まっていた。

「芸人らしい身なりだと文治郎はいっていたが、役者だったとは」

「ああ、駿河屋廣次ってのは聞いたことがある。役者なんてのは、いろいろ恨みを買いやすいからな」

たしかに曽我狂言の河津三郎が当たり役だったような気がする。

「いい煙草入れだ」

文治郎は、なきがらの帯にはさまれた腰差し煙草入れに目を留めた。

帯から抜いてみると素晴らしい細工だ。

阿蘭陀(オランダ)渡りの金唐革をかぶせたもので銀象嵌(ぞうがん)の花文前金具が付いている。共柄のキセル筒との間に薄灰青色のとんぼ玉飾りが光っている。

キセルはふつうの石州型だが、銀の雁首(がんくび)も吸い口にも草文の精緻な彫刻が施されている。羅宇(らう)に使っている竹も、大変に珍しい豹紋竹(ひょうもんだけ)だった。

「役者は役柄によってキセルの持ち方を変えるんだ。武士、町人、農民、ばくち打ち、それぞれに持ち方が違う。たとえば武士はこうだ」

文治郎は掌(てのひら)を上向きにして、羅宇の雁首に近い部分を持った。

「へぇ。まったく知らなかったよ。芝居なんて観ないからな」

「だから、役者は煙草入れやキセルにはこだわるんだ。ところで、甚五左衛門。武士たる者、こんな風に持つなよ。これは博徒の持ち方だ」

文治郎は掌を下へ向けて吸い口近くを持った。

「拙者は煙草を吸わんよ。それにしても、煙草入れもキセルも、両方ともえらく高そうだな」

甚五左衛門はキセルをまじまじと見つめた。

「ああ、贅沢な煙草入れは、家一軒買えるほどの値が張るものもあるんだ」

「じ、冗談じゃない。腰に家を吊して歩くわけにはゆかぬ」

「ははは、これはそこまでは高くないだろうけれども、それでも五両はするだろうな」

甚五左衛門は、肩をすくめて何もいわなかった。

笑いながらも、文治郎は煙草入れになんとなく違和感を覚えた。

(なんだろう……)

わかった。高価な煙草入れの中でとんぼ玉だけ、いかにも安っぽいのだ。

(ま、想い出の品を使ったということか)

文治郎はあらためて板の間全体を見まわした。

駿河屋こと二代目大谷廣次のなきがらのまわりに、その身体の倍ほどの広さで、血の海が固まっていた。

「吹き出した血の量が多い……」

「首を刺されたんだから当たり前だろう。いちばん血が出る場所だと聞くぞ」

「まぁ、そうかもしれないが……」

答えながら文治郎は、屈み込んで駿河屋の首元の傷をゆっくりと確かめた。

固まった血のりの真ん中の傷は、周辺部がささくれてギザギザになっていた。

「傷口が汚いな」

「どういう意味だ」

「いや、鋭い刃物で突いたものであれば、傷口はもっときれいになるはずだ」

「たしかに文治郎のいう通りだ。こいつはずいぶんなまくらな刀を使ったものだ」

首を絞められたような跡などはない。

やはり駿河屋は首を刺され、血を失って死んだのだ。

文治郎は駿河屋の血染めとなった白小袖の左の袖をまくった。

白いきれいな腕だった。傷も縛ったような跡もない。

右の腕も同じことだった。

「駿河屋はやはり寝ていたのだな」

「なにゆえそう思うのだ」

「両腕を見ても縛られたような跡は見つからない」

「それがどうした」

「起きていたら、激しく抗っただろう。だが、そんな痕跡は見られない……そこでひとつ得心がゆかないことがある」

「なにが不思議なんだ」

「眠っているところに、なまくら刀で突かれたら、まずは起きるんじゃないか。そこでふつうは抗わないか」

「だとすると、一撃で致命的な突きを入れたということか」

「甚五左衛門、おぬしに、それができるか」

「いや。なまくら刀では難しい」

「な、そうであろう。わたしは剣の腕はからきし駄目だが、あるていど腕に覚えのある武士であっても、なまくら刀を使って傷一箇所で殺すのは至難の業だろう」

「柳生新陰流の腕があれば、一撃だろうがな」

「だが、主水正はすでに殺されていた。だいいち、柳生新陰流の達人なら、こんななまくら刀を使いやしないだろう」

「それもそうだな。ならば、いったい誰がこの役者を殺したんだ」

「生き残っていた林転入門入、タカ、佐吉の三人は、悲鳴が聞こえたときに母屋にいたんだ。この三人でないことは間違いない」

「要するに兇徒と思しき者はなしか」

「いまの時点ではわからぬ」

「茶寮の外から人の出入りがあったとは考えられぬ……そうだ」

甚五左衛門は何を思いついたか嬉しそうに叫んだ。

「初めから誰かが潜んでいたのではないのか。蔵とか湯殿とかに」

「甚五左衛門らしくない聡さだ」

「無礼なことを申す男だ」

「ははは、すまぬ。だが、蔵や湯殿に誰かが隠れていたとして、その奴は孫右衛門さんたちがここに着いたときどこにいたと申すのだ」

甚五左衛門は孫右衛門の顔を見た。

「孫右衛門、水無月大祓の朝におぬしらがこの茶寮に着いて表門を叩き破ったときに、茶寮内には、たしかに誰もおらなかったのだな」

「はい、村の者は何人もおりましたので、見逃すわけはありませぬ」

孫右衛門はきっぱりといい切った。

「それに甚五左衛門よ。仮にそのときに孫右衛門さんたちが見逃したとしても、舟がなければ、この島を出ることはできぬはずだ」

「そうだな。では、泳いで出たということはないのか。半里近くも泳ぐのは難しいだろうが」

「この島のまわりは潮の流れが急で、漁師でもまずは泳げませぬ」

「もし泳ぎの名人だとしたらどうなのだ」

甚五左衛門は食い下がったが、孫右衛門は首を横に振った。

「いえ、あの朝は、島の近くでワラサ漁をしている舟が何艘かありましたので、何者かが泳いでいれば、必ず村の者が気づきます」

「そうか……しかし、そうだとすると、いったい誰が……」

「わたしは六人のうちに兇徒がいると思っているよ」

文治郎の言葉に、甚五左衛門は喉にものを詰まらせたような顔をした。が、しばらくしてはっと気づいたように言葉を発した。

「では、やっぱり林転入門入の手記に嘘があるのか」

「いや、すでに申したとおり、あれは正しいと考えている」

「そんな馬鹿な。話の筋道が通らぬではないか」

甚五左衛門は食って掛かった。

「見落としがあるんだよ。なにかきっと」

「そうか……そうかもしれんな」

甚五左衛門は自分を納得させるようにうなずいた。

「あれ……」

文治郎は板床に奇妙な血の染みが残っていることに気づいた。

その染みはなきがらの右側に五つ点々と残って、腰高窓へと続いていた。

「なんの染みだろう」

甚五左衛門も染みを覗き込んだ。

「おそらく猫の足跡だ」

「猫か……そういえば、この島には猫が何匹かいたな」

「駿河屋が刺された後に、この離れに猫が入り込んだということなのか」

「たぶんそういうことだろうな。猫なら崖をよじ登って窓から入り込むこともできるだろう」

甚五左衛門は興なげに、目を板床のほかの部分へ向けた。

「ところで、駿河屋を刺した凶器はやはり残っていないんだろうか」

文治郎も板の間全体をもう一度見まわしたが、短刀など、それらしきものは見当たらなかった。

「孫右衛門さん、念のために伺いますが、ここに刃物などは落ちていなかったんですよね」

「ええ、刃物も何もございませんでしたな」

文治郎はこの部屋で起きた凶事についてしばらく考え込んだ。

「駿河屋が刺されたとき、この『千歳』には内側から心張り棒が掛かっていた。腰高窓からは入れる者はいない。くせ者はいったいどこからやって来てどこへ消えたのだろうな」

「ううむ、たしかに面妖だ」

甚五左衛門は頭を抱えた。

「もしかすると、ほかの人が死んだときのことがあきらかになれば、わかるかもしれないな。先に次に行ってみようか」

「わかった。次は井戸端だったな」

甚五左衛門は気が急くようにきびすを返した。

文治郎たち三人は、前庭を足早に通り過ぎて、井戸の前に向かった。

4

井戸は真竹の林に囲まれている。

「ここらに蜂はいないだろうな」

文治郎はあたりを見まわして首をすくめた。

「そうビクつくな」

「さっきもいったように、わたしは子どもの頃に刺されているんだ。二度目は危ないというからな」

鼻先で笑いながらも甚五左衛門は、井戸の周囲をぐるっと歩いてあたりを丹念にみまわしてくれた。

「大丈夫そうだぞ」

とりあえず蜂は飛んでいないようである。

「そうか、それならいいんだ」

井戸前でひっくり返っている佐吉のなきがらへ文治郎は歩み寄った。

「目玉をくりぬくなんて、殺した奴はよっぽど佐吉を恨んでいたんだろう」

「殺してからくりぬいたのか」

「そうだろう。矢で射殺したが、兇徒の恨みはそれだけじゃ物足りなかったみたいだな。しかし、目玉が見当たらない」

「井戸の中に放り込んだのではないのか」

「あるいはな……」

眼窩（がんか）がぽっかりと空いた苦悶の表情から文治郎は目をそらし、胸元に突き刺さっている矢へ目をやった。

墨で黒く塗った木の棒を削って作った実に素朴な矢だった。矢羽根も棒に切れ込みを入れて何らかの鳥の羽を差し込んだだけの簡単なものだった。この作りでは遠くからではとても届かないだろう。

「甚五左衛門、孫右衛門さん、すまぬが、なきがらを押さえていてくれないか」

「矢を抜こうというのだな」

二人はすぐになきがらの手足を押さえつけた。

「いいか、抜くぞ」

ズボッという鈍い音とともに矢は抜けた。矢の先に血筋なのか肉の切れ端なのかイトミミズのような赤黒いものがからみついている。

文治郎は帯から吊した手ぬぐいで矢の先をぬぐった。

矢じりはなく、ただ単に木の枝先を鋭く削ったものだった。

「この先に毒を塗っておいたのだ」

「そうか、この男も毒で殺されたか」

「おそらくは柳生主水正を殺したのと同じ毒だろう」

「どこから射たのだろうか」

甚五左衛門はまわりの竹林を見まわした。

「真っ直ぐ飛んできたとすれば、あのあたりから放たれたということになる」

文治郎門は、右手の二間ほど離れた竹林を指さした。

「しかし、あの竹林に立って矢を射るのは難しいぞ」

「たしかにそうだ」

甚五左衛門の言葉は正しい。竹林には竹が密生していて、射手が立つことは難しそうだった。

もう一度、丹念に周囲を見直した文治郎の目に妙なものが映った。

屋根の下にあるつるべの滑車に黒く細いものがからまっている。

「あれは……」

大股に歩み寄った井戸の縁に文治郎は立った。

「おい、井戸へ落ちるなよ」

「そんなに間抜けじゃないさ」

答えつつ滑車に手を伸ばす。

軸にからみついているものは、墨で塗った細い綿の紐だった。

「そうかっ」

文治郎は井戸の縁から降りようとしてふらついた。

「うおおっ」

なんとか体勢を立て直し、文治郎は井戸端に降り立った。

「おい、気をつけろ」

甚五左衛門の言葉には応えずに、文治郎は右手の竹林の中に首を突っ込んだ。

「あれだ……」

目を凝らすと、下草の間に残された、なにか砥粉色（とのこいろ）っぽいものが眼に入った。

竹と竹の間の狭い隙間に身体をすべり込ませ、下草を踏み分けて文治郎は砥粉色の異物へ歩み寄った。

身体を伸ばして摑み、持ち上げてみた。

「見つけたぞ」

「何があったんだ」

「ほら、見ろよ」

文治郎は、甚五左衛門と孫右衛門に向けて、摑み上げたものを見せた。

「弓か……」

「罠でございますな」

二人は口々に叫んだ。

「弓の仕掛けを利用した獣捕りの罠だ」

それは幅一尺（約三十センチ）ほどの竹弓を、垂木で作った台に据えつけたものだった。ふつうの弓と大きく違うのは、弓の真ん中に一本の垂木を交差させてあり、その垂木に、節を抜いた細竹で作った管がくくりつけられていることであった。

さらに、垂木に縛られた留め具と思しき木片が、だらんと下がっているのが目を引いた。その留め具から黒い紐が地面のほうへ落ちて切れている。滑車に結びつけられている紐と同じものであることはいうまでもない。

この管に矢を入れて、竹弓を引き絞って張力がいっぱいになったところで、留め具で止めておく。結んだ紐が引っ張られると留め具が外れて弓が戻り、矢が飛び出すという仕掛けだった。

「下谷新寺町の松前家上屋敷に勤めている知人から聞いたことがある。その男は定府になる前は、松前福山城勤めだったので蝦夷地のことをよく知っていた。蝦夷の民（アイヌ）はこうした罠で獣を捕るそうだ。この仕掛け毒矢は、たしか……『アマッポ』とかいう名であったな」

「では、くせ者は松前家中か、あるいは家中の者と親しいということか」

甚五左衛門は素っ頓狂な声を上げた。

「いや、似た仕掛けは、ほかの土地にもあるかもしれない。要は、兇徒は『アマッポ』に似た、この仕掛けを知っていたということだ」

松前家中の者と親しくなくとも、文治郎ですら知っている以上、この仕掛けを知っている者は少なくあるまい。

「で、どうやって矢を放ったんだ」

「あのつるべ井戸の滑車に留め具の紐を結びつけておいただけだ。井戸から水を汲もうとして紐を引っ張ると滑車に力が掛かる。そうすると、滑車に結びつけた黒い細紐が切れ、留め具が外れて矢が放たれるという次第だ」

「なるほど、よくわかった。佐吉は六人の中でただ一人、この茶寮の奉公人だ。いつかは必ず井戸の水を汲む。だから、くせ者は井戸の滑車にその仕掛けを組み込んでおいたというわけだな」

「その通りだ。つまり、兇徒はその場にいなくとも、佐吉を殺せるという道理なのだ」

「うーん、何て悪がしこい賊なんだ。自分は涼しい顔をしていてその場で手を下さずとも、佐吉を殺せるというわけか」

「ただ、留め具に結ばれた紐が、滑車から竹林に向かって、宙に張られるわけだから、真昼では目立つ。少なくとも薄暗くなってから、紐を滑車に結びつけたんだろう」

「それで紐を黒く塗ってあったのか」

「そういうことだ」

「いったい誰が仕掛けたんだ」

「いまのところわからぬが、少なくとも明るいうちに死んだ者は除外していいかもしれぬ」

「すると……松平玄蕃、柳生主水正、駿河屋廣次の三人は除ける。ということは、林転入門入とタカの二人しか残らないではないか。やはり碁打ちの林がくせ者じゃないのか」

「そうかもしれぬ……」

「手記を乱れなき手跡で詳しく書いておるからくせ者でないと申しておったな。だが、人の性分というのはさまざまだ。世間には、盗みをしても人殺しをしても、何をしても平気の平左という者だって少なくはないんだぞ」

甚五左衛門は強い口調でいい切った。

「それにな、賊は手の込んだ仕掛けばかり使って人を殺している。先の先まで読むようなものの考え方は、いかにも碁打ちらしいじゃないか」

「甚五左衛門、おぬし冴えてるな……」

文治郎は林が兇徒でないという自分の考えが揺らぐのを感じていた。

理屈で考えれば、松平玄蕃の陽の光を用いた焼殺も、柳生主水正を蜂の罠で殺した仕掛けも、佐吉を殺した仕掛け毒矢も、囲碁棋士のような頭の冴えきった者にふさわしい。

「林が兇徒であるという見込みも捨てずに、考えを進めていこう」

「ああ、世の中には、自分の殺しを得々と人に自慢するような者もいるんだ。林がそんなねじ曲がった性分でないとはいい切れまい」

「たしかに甚五左衛門のいう通りかもしれない。したが、林を殺した者が、ほかにいる」

「お、忘れていた。林のなきがらを見るか」

「そうだな。順序は逆だが、林を見てから母屋に戻ろう。その前に念のため、つるべを見ておこう」

文治郎はつるべ井戸に向かって綱をたぐり、つるべ桶を引き出した。二升程度入る何の変哲もない木桶だった。手を離すと、井戸の底でぽちゃんと水音が響いた。

夏の陽は天頂近くで白く大きく輝いている。

銀色の陽ざしが突き刺すように文治郎たちに容赦なく降り注ぐ。

「こうして歩き回っているとさすがに暑いな」

文治郎は、腰に吊した手ぬぐいで顔を拭こうとしてあわてて手を放した。

毒針や毒矢を確かめるときに使ったことを忘れていたのだ。

「そう愚痴をこぼすな。暑い日は大川端の船宿で遊んでいるようなおぬしとは違って、拙者はいつもこうして浦賀湊を動きまわっているのだ」

甚五左衛門はにやにや笑いながら、文治郎をからかった。

「おい、わたしが、いつもそんなに優雅にすごしていると思ったら、大間違いだぞ」

アブラゼミの鳴き声は相変わらずやかましく茶寮に響いていた。

5

三人は前庭を西に横切って母屋の前に戻った。

文治郎は母屋の前に倒れている林転入門入のなきがらに歩み寄った。死んだときに発せられる死臭に混じって、強い腐臭が漂っている。

文治郎は息を詰めてなきがらに近づいた。

林の死んだ理由は明らかだった。

何者かに背後から石で頭を殴られたことに間違いない。頭の後ろは大きく陥没し、坊主頭にはこびりついて固まった血が残っていた。両眼は飛び出し、泡を吹いた痕と思われる白い汚れが口元に残っていた。

「ほかの四体に比べて、これはわかりやすい」

「ああ、殴った石もそこいらにあるはずだよ」

あたりを見まわすと凶器はすぐに見つかった。

なきがらのすぐ左側に、握り拳を二つ合わせたくらいの石が転がっていた。林の頭に残ったものと同じような血が石にも付着していた。

さらに、なきがらの足元には、小さな焚き火の跡があった。落ちている松の小枝を集めて燃やしたものだった。水を掛けて消した跡があり、消し炭が残っていた。

「手記によれば、林は母屋を閉ざして賊から身を守ろうとしていた。タカが毒を盛られて死に、林の恐怖心はさらに強まっていたことだろう」

「ところが、外で物が燃える気配がした。松平玄蕃が焼き殺されている以上、自分が母屋ごと焼き殺されると恐れて外へ飛び出したのか」

甚五左衛門はあごに手をやった。

「そうだ。だが、兇徒の狙いは林を焼き殺すことではなかった。母屋の近くの闇に潜んでいた賊は、飛び出してきた林を後ろから思い切り石で殴りつけたというわけだ。この焚き火は、まぎれもなく林をおびき出すための罠として使われたものだ。兇徒はあらかじめ、手桶かなにかに水を用意していたに違いない」

「兇徒には、母屋を燃やすような気は、さらさらなかったのか」

「その通りだよ」

「なぜ死んだかはわかりやすい。ただ、誰が殺したかはいまのところは、わからぬな」

「もっとわからぬのはこれだな」

文治郎は飛び石に残された血文字を指さした。「八百」の二文字がはっきりと読み取れた。

「やっぱり林はタカに殺されたんだ。苦しい息でタカの名前を書き残したんだ」

甚五左衛門は自信を持って自説を繰り返した。

「それも考えられないわけではないが」

「タカは毒を飲まされて死んだふりをした。林は騙されてタカの死を信じた。外で何者かが火を焚き、林が外へ飛び出したところを後ろからタカが石で殴りつけた。林は苦しい息の下から自分を襲った者の手がかりを飛び石に自分の血で書き残した。これ以外にあり得ない」

「じゃ、焚き火を焚いた者は誰だ」

その考え方には無理があるなと感じながら、文治郎は聞いてみた。

「タカの首を切った奴だよ」

「それはいったい誰なんだ」

「うーん、もう誰も生き残っておらぬか……」

甚五左衛門はうなって言葉を濁したが、すぐに思いついたように口を開いた。

「もしかすると、兇徒は二人以上いたのかもしれぬな」

「まぁ、そういうことも考えられるな」

文治郎は思いついて屈みこむと、林のなきがらの両手を詳しく見つめた。

右手の人差し指が血で汚れている。この指で血文字を書いたのだろう。

文治郎は、左手の指も一本ずつたしかめた。

「いずれにしても、タカのなきがらをもう一度見てみよう」

三人は母屋に入っていった。

右手の松の間に入り、タカのなきがらへ歩み寄る。

意を払って首の切り跡をゆっくりと眺める。

血に染まった皮も、はみ出た肉もギザギザで切り跡はとても汚い。

「この首はのこぎりで切ったものだ」

「そうだな、傷口がギザギザだ」

「甚五左衛門、おぬし、人の首を切るとしたら、のこぎりを使うか」

「そんな首切り役人の真似をしたことはない。だが、当然、刀を使うな。一度では切れなくとも、何度か打ち込めば切り落とせるはずだ。のこぎりを使うよりはずっと早く首を落とせる」

「では、必ず刀を使うか」

「いや、もしあまりに高価な刀しか持っていなかったら、もったいなくて使えないかもしれぬ。首など切ったら、どんなやり方をしても、必ず刀は傷むからな。後の手入れも大変だ」

「よくわかった。とすれば、首を切った者は、刀を使い慣れぬか、あるいは刀の傷みを恐れたということになる」

「武士でないか、ケチな武士かということかな」

「はっきりは言えないが……。いずれにしても首をわざわざ落としているところから見ても、兇徒はタカに深い恨みを抱いていたはずだ」

「本来は毒で殺しただけで、じゅうぶんなのだからな。そもそも六人はなぜ殺されたのだろう……」

甚五左衛門のいうとおりだった。手記によれば、柳生主水正は松平玄蕃を警固するために猿島へ来たという。また、駿河屋大谷廣次とタカは知り合いだったようである。

しかし、ほかの二人との間には、特につながりはなかったと考えられる。

「そうだ。太歳を見てこようではないか」

文治郎の誘いに、甚五左衛門は一も二もなくうなずいた。

「不老不死の妙薬だな。見るのが楽しみだ」

「まぁ、本物とは思えぬが」

「客たちは三度目を食べていないから、まだ残っているはずだ。厨にあるだろう」

文治郎たちは母屋の西北の隅にある厨に足を運んだ。

「これではないか」

甚五左衛門が指さしたのは、へっついのかたわらにある食材を置く木製の棚だった。棚にはカボチャやナスと並んで、朽ち木の枝が置いてあった。樹皮には黄色いキノコのようなものがくっついていた。

「まだ動いているぞ」

手記に記された通り、それはモゾモゾと動いている。

「ああ、それは……」

孫右衛門は太歳と思しきものを仔細に眺めまわした。

「ススホコリの仲間でしょう」

「知っているのか」

甚五左衛門の声が裏返った。

「はい、大木の茂った薄暗い森やジメジメした谷間などに生えます。動くキノコのようなものです」

「この近くにもあるのか」

「一度だけですが、公郷村の西にある大楠山と申す山の麓で見たことがございます。あまりにも珍しいので山に詳しい者に訊いたところ、キフシススホコリという名だと申しておりました」

「どんな場所に生えているのですか」

文治郎は矢立を取り出した。

「そうですな。谷あいの谷地（湿地）のまわりです。まわりにはシラカシやエノキ、ケヤキなどの大木が生えている雑木林がございまして、倒木があるようなところです」

「孫右衛門、これには毒があるのか」

「毒があるとは聞いておりませんな」

「そうすると、これはキノコの仲間で、不老不死の妙薬などではないということか」

甚五左衛門はがっかりしたような声を出した。

「おぬし、まことにそんなことを信じていたのか」

文治郎がからかうように訊くと、甚五左衛門は不機嫌にいい返した。

「広い世の中にはそんなもんがあっても不思議はなかろう」

「人から聞いた話なのだが、晋（しん）代の道士である葛洪（かっこう）が記した『抱朴子（ほうぼくし）』という書物があるそうな」

「なんだそれは」

「うむ、道教は本（もと）で儒教は末（すえ）という儒道二教の理（ことわり）を書いた書物なのだが、その中に仙人になる術が書かれている。そこに肉芝（にくし）ないしは菌芝（きんし）というものが載っており、山の中に生えているとある。これを食すと仙人になれるそうだ。太歳はこれだろう」

「ほら、書物にも載っているのだろう」

「しかしな、ほかに仙薬として『抱朴子』に載っているのは、一万年生きた角のあるヒキガエルだの、千年生きた白コウモリだの、千年生きた五色の霊亀だ……」

「荒唐無稽なものばかりが並べてあるではないか」

「そうだよ、人魚の肉を食べたり鳳凰の血を飲んだりすれば死なぬ、というような類いの話だよ」

「つまりはおとぎ話か」

「手記にもあったが、いまから二百年ほど前に書かれ本邦でも上梓されている『本草綱目』にも載っている。食べ続けることで体が軽くなり不老不死になると書いてある。だが、わたしには、世の中にそんなものがあるとは信じられぬな」

「わかったよ。要するに五人の客は、ただのキノコの仲間を不老不死の仙薬と思い込んで食べたってわけだな。そのススホコリってのに騙されて猿島までおびき出されて殺されたのだから、考えてみればかわいそうな話だ」

「ああ。孫右衛門さんはご存じだったが、ススホコリなどというものは江戸では見ることもないだろう。五人が知らなくても不思議はない……さて、客間に戻ろう」

三人は厨を後にし松の間に戻ることにした。

廊下へ出ると、外は暑い盛りの刻限にもかかわらず、板床を踏む足袋の裏がひんやりと心地よい。

惨劇がなければ、どんなにか快適な場所だったことだろう。

「太歳が偽物であったことはわかったが、人々がなぜ殺されたのかはまるでわからないな。いまは、六人がどういう順序で誰に殺されたかを考えるしかないだろう」

文治郎は帳面と矢立を取り出した。さらに、松の間に置いてあった使っていない巻紙を手に取って経机にひろげた。

「何をするつもりだ」

甚五左衛門は隣で畳の上に片膝をついた。

「殺された順番に、誰なら殺すことができたかをまとめてみようと思ってな」

「なるほど、そいつは妙案だ」

「ただ、殺せるからといって殺したとは限らない。そこを間違えてはならないんだ」

「そうだな。まずは松平玄蕃だ……」

文治郎は帳面を確かめながら、巻紙に筆を走らせた。

一、松平玄蕃　『高砂』で陽光を用いた仕掛けで焼殺　主水正、駿河屋、タカ、佐吉

「鏡を縛りつけた竿は、あらかじめ用意してあったと見るべきだ。問題はいつ、垂木の穴に通した紐に竿を固定したかということだ。これは、少なくとも玄蕃が太歳を食して具合が悪くなった後でなければならない」

「玄蕃が『高砂』で寝ていなければ火を点けても意味がないし、いつ玄蕃が母屋を下がるかはそのときになってみないとわからないからな」

「その通りだ。ところで、調子を崩して『高砂』に下がった玄蕃を介添えしたのは、林と佐吉だ。この間、主水正、駿河屋、タカの三人は母屋にいたわけだ。つまり、手記を残した林は母屋のようすを見ていない。このうちの誰かが、理由をつけて母屋を離れたかもしれない」

「なるほど」

「さらに林が母屋に戻ってからだ。このとき、母屋には主水正、駿河屋、佐吉、タカ、林の五人が揃っていた。だが、佐吉だけは昼食を作るために厨に下がっている時もあった。とすれば、佐吉には竿を固定する機会があったということになる」

「佐吉が兇徒か……」

「いや、即断してはならない。林以外のすべての者にその機会があったのだ。とにかく順番に考えてゆこう」

広間には開けた窓から潮の香りをのせた風が吹き込んでくる。

二、柳生主水正　厠の前で蜂の仕掛けと毒針で毒殺　佐吉

「続いて主水正を襲った蜂を潰すための亀甲金網と毒針を、誰なら仕掛けることができたかだが……松平玄蕃を『高砂』に連れて行った後で林が厠で小用を足している。そのときには怪しい仕掛けなどなかったわけだ。すると、それから主水正が厠に行くまでの間に兇徒は厠に行っている必要がある。ところが、『高砂』が燃えて一同は常に行動を共にしている。ただ、二度目に太歳を佐吉が湯がきに行ったときに座を外している」

「やっぱり佐吉か……」

「決めつけるな。考えがまとまらなくなる」

「こりゃ失敬した。続けてくれ」

甚五左衛門は頭を掻いた。

三、駿河屋二代目大谷廣次　閉ざされた『千歳』で刺殺　殺せる者はいない

「駿河屋を殺した者は、そのときに生き残っていた三人のうちには誰もいないのだ。駿河屋は刺殺されているわけだから、『千歳』から悲鳴が聞こえたときに賊に襲われ

たと考えるべきだ。しかし、そのとき母屋には林、佐吉、タカの三人が揃っていた。とすれば、この三人には駿河屋を殺す機会はないことになる」

「おぬしは六人の中に兇徒がいるといっていたではないか」

甚五左衛門は不満げに言い返した。

「まぁ、そう先を急ぐな。続きを考えてみよう」

四、佐吉　井戸の前で毒矢仕掛けで射殺　タカ

「毒矢仕掛けは手の込んだものだから、前からあの竹林に隠してあったとして、つるべ井戸の滑車に留め具から伸びた黒紐を結びつける必要がある。紐が黒く塗ってあることからしても宵闇(よいやみ)が迫ってからだろう」

「佐吉は昼前に井戸に水を汲みに行ってたんだったな」

「そうだ。もし薄暗くなってから、滑車に黒紐を結びつけたとすると、そんなことをできる者はただ一人だ」

「誰だよ」

井戸端に立つタカの姿を、文治郎は思い浮かべてみた。

「タカさ。タカは血だらけの着物を着替えに自分の『羽衣』に戻っている。その隙に井戸に寄って滑車に紐を結びつけることもできたはずだ」

五、タカ　母屋の松の間で毒酒を飲まされて毒殺　林

「徳利の酒は井戸に行く前に、林、タカ、佐吉が飲んでいた。もし毒を入れる機会があるとしたら、林がタカの目を盗んで徳利に入れたことになる。だが、すでに四人が殺されて脅えているタカが、果たして同じ部屋にいて毒を入れられるようなことがあり得るだろうか」

「たしかに、拙者ならそんなにぼんやりしてはおらぬ」

「そうだろう。だから、実は林というのも考えにくい」

頭の中で何かがモヤモヤと動いているのを、文治郎は感じていた。だが、その正体はまだはっきりしなかった。ちょうど、味噌汁の味噌が椀の底に沈んでいき、具が姿をあらわし始めているような感覚だった。

六、林転入門入　母屋の前庭で石で撲殺　殺せる者はいない

「誰も生き残っていないとすれば、当然、林を撲殺できる者はいないことになる」

「そうだ。それにタカの首を切り落とせる者もいない。何度も考えた通りだ」

筆を置いた文治郎は、天井を仰いだ。玉杢（たまもく）の杉板を市松模様に張った贅沢な竿縁天井が、文治郎の目をなごませる。この天井ひとつとっても初代外川屋惣右衛門の雅やかな趣味を感じさせる。そんな粋な広間で、なんとも無粋なことを考え続けなければならないことに文治郎は皮肉を感じざるを得なかった。

「筋が通らないな……」

文治郎はつぶやいた。

「ああ、まったく筋が通らない。どういう理屈なんだ」

甚五左衛門はうなった。

「だから、いま考えたことには大きな見落としがあるはずだ……」

「見落とし……たとえば何を見落としたというのか」

甚五左衛門は身を乗り出した。

「ほかの者が死んだと思い込んでいるだけで、その者が死んでいなかったとすれば……」

文治郎が言葉を切ると、甚五左衛門は　驚いて聞き返した。

「そんな者がいるのか」

「いや、もしいたとしたらという話だ。誰かが死んでいなかったとすれば、ほかの者を殺せるかを考えてみよう」

「なるほど」

甚五左衛門はうなずいた。

「まず黒焦げになった松平玄蕃はあり得ない。次に林転入門入とタカは除いてもいいだろう。この二人は最後まで生き残っている。二人がほかの者を殺せないということは手記が正しいとすれば間違いがない」

「残りは柳生主水正、駿河屋廣次、佐吉の三人か」

「三人の死を誰が確かめたかを考えてみよう」

「ああ、まずは主水正が死んだのを確かめたのは誰だったか」

甚五左衛門は手記を覗き込んだ。

「林転入門入だった。林が脈を取っている」

「駿河屋はどうだったかな」

「タカが脈を確かめている」

「あとは佐吉だな」

「佐吉についても林が脈をみているぞ」

「そのどれかに誤り、または嘘があったということになるわけか」

甚五左衛門は鼻から大きく息を吐いた。

「まず、佐吉が死んでいなかったとしたら、タカ一人を除いて全員を殺せることになる」

「やっぱり佐吉なのではないか」

甚五左衛門はちょっと勢い込んだ。

「しかし、もし本当に胸に矢が突き刺さっていたとすれば、死んでいなくとも動けるはずがない」

「それもそうだ……」

「だが、矢が突き刺さったということに偽りがあったとして、佐吉が生きていたとしてもやはりタカは殺せない。井戸端でひっくり返っている佐吉には、タカの酒に毒を入れる暇はないはずだ」

「そうか……」

「それに佐吉だと考えるのには、あまりにおかしな点が多い」

「何がおかしいんだ」

「だって兇徒はタカに毒入り酒を飲ませているんだぞ。また、主水正も毒で殺している。毒を使うなら、太歳にでも昼の刺身にでも入れてさっさと殺してしまえばいいじゃないか。ほかの者はともあれ、佐吉にはいくらでも毒を入れる機会があったはずだ。なんだってわざわざ蜂の仕掛けなんて使うんだ」

口をきわめていう文治郎に、甚五左衛門も得心がいったらしい。

「それもそうだ。では、ほかの者について考えてみよう」

「柳生主水正が生きていたら、残りの者をすべて殺せる機会がある」

「じゃ、主水正なんじゃないか。蜂に刺されてもほんとうは生きていて、ほかの者を殺してから、自分で毒針の上に倒れて死んだということか」

「だけどね。二つの点で主水正でないと考えている」

「なんだよ。二つって」

文治郎はきっぱりと言い切った。

「ひとつは主水正がほかの者を殺すのに、わざわざ陽の光を使って玄蕃を焼殺したり、佐吉を殺すために井戸の仕掛けを使ったり、そんな面倒な殺し方をするとは思えない」

「拙者なら、やはり剣を使う」

甚五左衛門は自分の刀の柄をぽんと叩いた。

「まして主水正は柳生新陰流の達人だ」

「駿河屋を殺すためになまくら刀を使うのも変だ」

打てば響くように甚五左衛門は答えた。

「タカを毒酒で殺したり、林を石で殴ったり、どれも剣術の達人の仕業とは思えない」

「たしかにそうだ。もう一つは自分を蜂に襲わせるなんて、危ない真似をしないってことか」

「あ。それもあるな。じゃ、三つだ」

「あとひとつは何なのだ」

「残りのひとつは、主水正は厠の前に倒れていて、そのときに生きていることに気づくはずだし、そうでなくとも後から皆が駿河屋の悲鳴を聞いて庭に出たときに、そこに倒れていなければ気づかれるだろう」

「そうかぁ、やはり、主水正ではないな。駿河屋はどうだ」

「うん……」

文治郎は考え込んだ。

「どうしたのだ」

「いや、駿河屋の死を確かめたのはタカだったな」

「そうだ。身も世もないという感じで抱きついて脈と鼓動を確かめているよ」

「おかしいのはそこだ」

「だが、二人は元からの知り合いだったんだろう。目の前で刺されているのを見たら、取り乱しても不思議はないだろう」

「高価な着物に血がつくのもかまわずにか」

「そうか……一張羅が血で汚れても平気というのも変だな」

甚五左衛門の声が興奮気味に響いた。

「もう一度、『千歳』に行ってみよう。なにか見落としがあるはずだ」

文治郎は弾んだ声で言うと、そこまで黙って聞いていた孫右衛門に言葉を掛けた。

「ああ、孫右衛門さん。もう力の要りようなこともないでしょうから、村の人たちを帰して頂いて結構です」

「ありがとうございます。では、お帰りの舟の漕ぎ手のお涼を残して、あとの者は村へ戻します」

「そうして下さい。申し訳ないが、孫右衛門さんにはまた聞きたいことがあるかもしれないので、用が済んだらここへ上がってきて下さい」

「もとよりそのつもりでございます。しばらくお待ち下さいませ」

孫右衛門はにこやかに頭を下げてきびすを返した。

6

『千歳』に足を踏み入れた文治郎は、もう一度、駿河屋のなきがらへ歩み寄った。

「この傷は刃物で刺したものではないかもしれないな」

ギザギザの傷を何度か見つめているうちに、文治郎の眼に妙なものが映った。

文治郎は息を詰めて、なきがらに顔を寄せた。

首元に薄青い筋が残っている。

「これは……」

青い筋は喉仏に沿って半寸ほどの幅でうっすらと弧を描いていた。

文治郎の頭の中で何かがはじけた。

「わかったぞっ」

「何がわかったんだ」

「すべてのからくりだ」

「まことかっ」

甚五左衛門は素っ頓狂な声で叫んだ。

「うん。兇徒は、駿河屋こと二代目大谷廣次だよ」

文治郎は自信たっぷりにいい放った。

「したが、おぬしはいま、駿河屋は玄蕃しか殺せなかったと申したばかりではないか」

甚五左衛門は、食って掛かるように反駁を口にした。

「一から話す。まず、松平玄蕃についてだ。玄蕃が調子を崩して『高砂』に戻ったとき、介添えをしたのは林と佐吉だ。この間に駿河屋は『厠に行く』とでもいって母屋を抜け出し、鏡を取り付けた竿を紐に縛りつけ、あらかじめ決めておいた位置に固定したんだ。母屋にいる者の目を盗んでやるのには苦労したに違いない。だが、位置さえ決めておけば、煙草一服の間もあればできる仕事だ。母屋にはすだれが掛かっているわけだし、あの細い通路の奥は母屋からは見えにくいから不可能な話ではない。それから涼しい顔をして母屋に帰って、林たちの帰りを待っていたというわけさ。もっともこれは主水正にもタカにも理屈の上ではできる。ただ、主水正については先ほどいった理由で兇徒ではないと考える。タカには佐吉殺しができない」

「それはわかった。だが、第二の凶行、つまり主水正を殺すための蜂の仕掛けや毒針を、いつ仕込んだんだ。駿河屋にはその暇はなかったはずだぞ」

「たしかに玄蕃が死んで一同が母屋に戻った後には生き残った全員が一緒だった。当然ながら、駿河屋にも厠に金網を仕込みに行く暇はなかった……と、思い込んでいた。

ここに見落としがあったんだ」

「どういうことだ」

真っすぐな視線で甚五左衛門は文治郎を見た。

「金網を仕込んだのは、『高砂』から火が出た後で、一同が母屋に戻る前だ。つまり、皆が懸命に火を消している最中だったんだよ」

「そんな馬鹿な。駿河屋は佐吉と一緒に井戸へ水汲みに行ったんだぞ。そんな暇があるわけがない」

「駿河屋は佐吉と一緒に井戸には行ったが、水は汲んでいないんだ」

「おぬしの申していることの意味がわからぬ」

甚五左衛門はきょとんとした顔つきになった。

「手記をよく読んで見ろ。佐吉と駿河屋は二人で水を汲みに走った。一斗桶にひとつずつの水を汲んできた。だが、先に水を汲んだのは佐吉で、駿河屋は『高砂』に後から戻った」

「四つの水桶につるべ井戸から一斗の水を汲むのには時を要するだろう。さっき見たが、ここの井戸のつるべは二升程度しか入らない。とすれば、一斗を満たすには五回はつるべを汲み上げなければならない」

「そういう勘定になるな」

「佐吉が一斗桶ひとつ分を先に汲み終わって『高砂』に戻っていった後で、駿河屋はすぐに『高砂』に戻ったわけではあるまい」

「ああ。その後、五回は汲まなければならぬのだからな」

両手で甚五左衛門は、紐を引っ張る真似をして見せた。

「この間の暇を利用して、駿河屋は建物の裏手を通って西に走り、あらかじめ厠の裏に用意してあった金網と毒針を仕掛けたんだよ。そんなに時を要するものではないだろう」

「たしかにそうだが、水を汲めないではないか」

「水を汲んだ一斗桶を厠の裏手にでも置いておいたらどうだ」

「そうかっ。それなら、すぐに戻れる」

甚五左衛門は得心がいったようで、おおきくうなずいた。

「多少遅れて戻ったとしても、身体の華奢な駿河屋のことだ。誰も怪しまないだろう。手記にも、ヨタヨタ帰ってきたようなことが書いてあった」

「一斗桶をヨタヨタと運んでいたことだけは、芝居ではないかもしれぬ」

甚五左衛門は小さく笑った。

「庭などを探してみて、一斗桶が三つ以上あれば、この考えは裏づけられるよ」

「後で見てみよう」

「わざわざ見に行くまでもないさ。わたしは三つ以上あると信じている」

「これで、駿河屋が主水正を殺したいきさつはわかった」

文治郎は、思い出したように付け加えた。

「佐吉は奉公人用の厠を使うだろうし、タカは小用房を使わない。だが、主水正より前に林が厠に行ったかもしれない。駿河屋はそれでもよかったんだろう。もし、林が先に厠で死んでいたとしたら、主水正を殺すための別の手を用意していたのかもしれない」

「なるほど……ところで、本人が死んでいなかったというわけは」

「それは後回しにして、続いて駿河屋が佐吉を殺したときのことだが……」

文治郎の言葉を遮って、甚五左衛門は得意げに答えた。

「これは容易だな。なにせ生き残った三人、つまり佐吉と林とタカは、駿河屋が死んだと思い込んでいた。タカが着替えを済ませて母屋に戻り、三人が酒盛りを始めた後にいくらでも井戸へ行ける」

「その通りだ。井戸の滑車に留め具の紐を結びつける暇はじゅうぶんにあっただろう。佐吉が井戸へ水を汲みに行くときを、湯殿の蔭あたりから待ちかまえて見ていたのではないか。おそらく、それよりずっと前に、厨の水瓶の残りが少ないことも確かめていたはずだ」

「なるほどなぁ。駿河屋廣次は、なんて頭の回る男なんだ」

甚五左衛門は小さくうなった。

「それだけに人気役者となれたのだろう」

「で、四人目のタカの酒に毒を入れたのは……」

「むろん、佐吉たち三人が井戸に向かっている間だよ。おそらくは湯殿の裏から茶寮の敷地の北側を母屋へ走ったんだ。佐吉が矢で射られて大騒ぎになっているわけだから、母屋に忍び込んでもわからない。生き残った林とタカが母屋に引き揚げるのと入れ替えに外へ出たのだろう」

「しかし、徳利の酒に毒を仕込んだのでは、どちらが死ぬかはわからんだろう」

「ああ、駿河屋は林とタカのどちらが死んでもよかったんだよ。あるいは二人とも毒にやられてもかまわなかったのさ」

「ところが、林は生き残った」

「林が死ななかったのは、駿河屋にとってアテが外れたのかもしれない。なぜなら、駿河屋が林を殺したやり方は、雑で場当たり的だ。母屋に籠もっている林を前庭におびき出すのに、焚き火を使ったところなんて、その場で考えたことのような気がする」

「じゃあなんで林をさっさと殺さなかったんだ」

　まるで怒っているかのように甚五左衛門の声が響いた。

「駿河屋は林が手記を綴っていることを知って、最後まで書かせようとしたのではないか」

「客間を覗いていたのか」

「いくら雨戸をすべて閉めていたとしても、この松の間では八間行灯を煌々と点していたんだぞ。濡れ縁の向こうに陣取れば雨戸の節穴からいくらでも中が見えるさ」

「しかし、なんで手記なんぞを書かせたかったんだ」

「これは推察に過ぎぬが、駿河屋はなかなかひょうきんな男のような気がする」

「ひょうきんだと」

甚五左衛門は声を尖らせた。

「冗談じゃない。こんな血なまぐさい凶行を繰り返した男だぞ」

「ひょうきんという言葉は間違っているかもしれない。暗い諧謔(かいぎゃく)とでもいえばよいか。自分の凶行を妙に見せびらかそうとしているところがあるような気がする」

「なんでそう思うのだ」

「たとえば、門の上のタカの生首さ」

「生首の切り口が汚かったのも、駿河屋が兇徒だとすると、納得できるな。しかし、あれはどういう意味なんだ」

「わたしが思うに、タカの生首は看板のつもりではないだろうか」

「看板……この凄惨な凶行の看板という意味か」

「もちろん、ただ殺すだけでは飽き足らず、苦労して生首を切ったわけだから、駿河屋はタカを相当に恨んでいたはずだ。だが、それだけではない気がするんだ。あれが門の上に載せてあったから、公郷村の人々は泡を食って表門を叩き破ってこの茶寮に入ったのではないか」

「手記も同じ趣旨か……つまり駿河屋は自分が死んだ後、人々がこの凶行を見て驚くところを予期して楽しみにしていたというのだな」

「わたしはそう考えている。さらにいえば、これだけ手の込んだ凶行だ。後から来た誰かに謎解きをしてほしかったのではないか」

「そこへ、まさにうってつけという知恵者の多田文治郎がやって来たというわけか」

「あまりおだてるな。さて、では肝心の話に移ろう」

「待ってました。駿河屋の死んだふりの話だな」

「そうだ。意外と単純なからくりのような気がする」

「もったいぶらずに早く話せよ」

「まず、『千歳』で死んだときのすべては嘘だ」

「どういう仕掛けだったんだ」

「首からの出血だが、これはむろん糊紅(のりべに)を用いたのだ」

「芝居で使う血のりのことか」

甚五左衛門は自信なさそうに訊いた。

「そうだ。蘇芳や紅などの赤い染料をうどん粉で溶いたものだ。血の臭いを部屋の中に漂わせるために、あわせて魚の血などを使ったと思う」

「顔や唇が真っ青だったというのは」

「青黛を使ったのさ」

「初めて聞く名前だな」

「藍染のときにできる藍花を干して固めた藍蠟から作るものだ。怨霊や公家悪みたいな役に引く藍隈や、幽霊役の顔を青くするために使う」

「なるほど、役者はいろいろな化粧をするんだろうな。で……」

「ほら、ここをよく見て見ろ」

文治郎は、かたわらに横たわる駿河屋のなきがらの首を指さした。

「うん……首のところか」

甚五左衛門は、屈み込んだ。

「ほんとうだ。青い筋が残っているぞ」

驚きの声が『千歳』に響いた。

「青黛のぬぐい残しだ。それが駿河屋の一度目の死が、真っ赤な嘘だったという何よりの証しさ」

「むぅ。やはり、一度目の死は嘘だったのか」

「駿河屋は役者だ。断末魔の形相など作るのはお手のものだろう」

「それをタカが死んだといい立てて、林も佐吉も騙されたというわけか」

「そうだよ。誰だって血だらけの死骸を前に動揺する。まして、それがついさっきまで話していた相手だとすればなおさらだ」

「だが、なんでタカはそんな嘘をいったのだ」

「これは推察にすぎぬが、駿河屋はもともと知り合いだったタカにこんなことをいったのではないだろうか。人殺しは林か佐吉だ。このまま手をこまねいていると、二人とも殺されてしまう。ここは自分が死んだふりをして、どちらが本当の賊なのかを陰に隠れて見極める。だから、自分が死んだとほかの者に思い込ませてほしい……」

「なるほど。駿河屋とタカが、どんな間柄かはわからぬが、もともとの知り合いなら、そんな話に乗ってもおかしくはないな」

「おそらく男女の仲だったんだろう」

「だが、いつ駿河屋はタカにそんなことを吹き込んだのだ」

「駿河屋は虎視眈々とその機会を狙っていたんだろう」

「二人が話せる暇なんてあったかな……」

「一度だけその機会があった。佐吉が大根の塩昆布もみを作っていて客間に戻るのが遅くなり、林がようすを見に行ったときだ」

「あ、そういえばそんなときがあったな」

「駿河屋はタカを説きつけるまで、死んだふりをするのを待っていたんだろう」

「それで、タカは取り乱しているような芝居を打ったんだな。一張羅の着物を血で汚してまでして……」

「タカだって必死だったんだ。いつ自分が殺されるかわからないと脅えていたはずだからな。真に迫った芝居をしたはずだ」

「林や佐吉は容易に騙されてしまったというわけか」

「タカは囲い者だというが、おそらくは粋筋だろう。人を騙すのには慣れていたと思う。そもそもこの茶寮に着いたときに皆を騙しているだろ」

「ああ、そうだったな。駿河屋とは古馴染みなのに、初めて会ったフリをしていたんだっけな。なんであんな小芝居をしたものか」

「よくはわからぬが、大店の主人の妾という今の立場からすると、駿河屋とのむかしの間柄を、ほかの者に知られたくなかったんだろう」

「さて、いちばんの大きな謎が残っているぞ……一度目は血のりや青黛で死んだフリをしたが、問題なのは本当に死んだときのことだ。誰が駿河屋を殺したっていうんだ。タカが死に、林が死んだ後には、もう、誰も残っていないぞ」

「駿河屋は自害したんだよ」

「だけど、凶器がどこにも残っていないではないか」

「これを見ろよ」

文治郎は、なきがらの右横の板床に残った血の足跡を指さした。

「これは猫か何かの足跡だろう」

「ああ、そうだよ」

「凶器を猫が運び去ったというつもりか」

「その通りだ」

「そんな馬鹿な。猫が匕首(あいくち)を口にくわえて歩いていったとでもいうのか」

甚五左衛門は食って掛かった。

「凶器は匕首なんかじゃないよ。おそらくはかつお節だ」

「かつお節だって」

甚五左衛門の裏返った声が天井に響いた。

「そうさ。かつお節は釘を打てるほどに硬い。世の中でいちばん硬い食べ物だ。カンナで削って先端を鋭く尖らせたら一種の刀になるに違いない。金魚玉の仕掛けや毒矢仕掛けまで作る駿河屋廣次のことだ。かつお節で刀を作るなんてわけもないことだろう」

「たしかに、ほかの仕掛けよりはずっと単純なものだな」

「猫は犬には劣るが、人とは比べられないほど鼻がきく。さらに、この『千歳』の板の間にマタタビを絞った汁でも塗りつけておけば、かなり遠くからでもすっ飛んでくるさ」

「たしかに文治郎の申す通りだな。浦賀湊にもたくさんいるが、猫は木登りが得意で、真っ直ぐに切り立った塀や壁も登れる。盗人（ぬすっと）避けに守られた離れも猫にとっては、何のこともないだろうな」

「五人を殺し、すべてをなし終えた駿河屋は、自分の首の血筋をかつお節の刀で突くと、苦しい息の下から板の間に刀を放り出してから息絶えたというわけだ。しばらくすると、マタタビやかつお節の臭いを嗅ぎつけた猫がやって来て、板の間に落ちていたかつお節の刀を運び去ったんだよ」

「文治郎、まことにおぬしは傑物だ。此度のような難解極まりなく、こんがらがった謎を見事に解いたな」

甚五左衛門は声を震わせて、感極まったようにいった。

「たしかに難しい謎だったが、殺し方がそれぞれ変わっているだけに、手がかりは豊富に残されていたからね」

「これですべての筋が通ったな……待てよ……」

甚五左衛門はいきなり首を傾げた。

「何かおかしいか」

「いや、林の残した血文字はどうなった。八百と書いてあったあれだ」

「ああ、あれか……」

「拙者は八百物屋と書こうとしたと見た。だから、京橋でも一、二を争う八百物屋常磐屋の妾であるタカを指していると考えたが、おぬしはうなずかなかったではないか」

「違うと思うよ。まぁ、血文字を見ながら考えてみようじゃないか」

「そうだな。いつまでもここにいると気が滅入ってくる。外へ出よう」

文治郎と甚五左衛門は、『千歳』を出た。

陰々滅々としていた離れの中と違って、抜けるような青空がひろがっている。だが、
前方には柳生主水正が、右へ目を向けると、林転入門入のなきがらが眼に入ってくる。

林のなきがらへ文治郎は歩み寄っていった。

飛び石には乾ききった血文字が二文字……。

「やっぱり八百だよな。いったい、林は何を書き残したっていうのだ」

「これは林が書いたものじゃないと思う」

「なに……なんでだ」

「林の指を見て感じたことだ」

「指に何があったと申すのだ」

「百聞は一見にしかずだ。見てみよう」

文治郎は倒れている林の左手をとった。

「おい、右手ではないのか」

「左手だよ。ほら、触ってみろよ」

「どこに触れというのだ」

甚五左衛門は、なきがらの左手に手を伸ばした。

「人差し指の先のほうの右側と中指の同じあたりに胼胝があるだろう」

「うん、ここか……本当だ。皮が硬くなっている」

「それは碁石胼胝だろうと思うんだ」

「そうか、碁石は人差し指と中指の間に挟んで持つ」

「そう。囲碁棋士だけに、何千何万回と碁石を持っていただろうから、碁石胼胝ができても不思議はない」

「つまり、林は左利きだったということか」

「そうだ。まず間違いはない。もちろん、筆だけは右手に持つように鍛錬していたかもしれない。ただ、いまわの際で血文字を書くとしたら、利き手の左手を使うような気がするんだ」

「それでは、この血文字は駿河屋が書いたんだな。自分が殺した林の右手を使って」

「そう思う。駿河屋は林が左利きということに気づかなかったんだ」

「なんのためにわざわざそんな手間の掛かることをしたんだ」

「さっき、駿河屋は諧謔味のある男だといったな」

「ああ、暗いひょうきん者だと」

「駿河屋は、後からこの猿島にやって来るわたしたちに、何かを伝えようとしてこの八百のふた文字を残したような気がするんだ」

「つまり駿河屋から拙者たちへの謎かけというわけか」

「そんな気がする」

「では、この八百をどう読み解く」

「そうだな……八百屋、八百万（やおよろず）の神、八百八町、山谷堀の八百膳……」

「八百屋お七もあるぞ」

「おお、甚五左衛門、冴えてるな。八百屋お七といえば、たくさんの浄瑠璃（じょうるり）や芝居になって流行（はや）っていたな。たしか、曽我狂言にお七の逸話を組み込んだ芝居もあったな」

そんなことを口にしているところで、文治郎は独り言のようにつぶやいた。

「そういえば駿河屋廣次は曽我狂言の河津三郎が当たり役だったな……」

「どうした」

文治郎の頭の中で何かがはっきりしてきた。

「いや、曽我狂言といえば曽我五郎で名を上げた役者は……市川八百蔵だよ」

「拙者たち直参は、そうそう芝居など見ぬからな。文治郎は気楽な身分でいいなぁ」

旗本御家人は、表向き登楼や芝居見物を禁じられていた。

「それでな、八百蔵の屋号が蓬莱屋なんだ」

「あっ、蓬莱といえば」

「そうだよ。『蓬莱』って離れがあるじゃないか。そこに何かが隠されているような気がする」

「すぐに『蓬莱』に行ってみよう」

「望むところだ」

文治郎と甚五左衛門は『千歳』を飛び出した。

『蓬莱』の引き戸を開けると、この離れの中もがらんとしていた。

軒に吊された松平玄蕃の生命を奪った金魚玉と小田原風鈴、板の間には畳まれた布団と小さな茶簞笥、壁には掛け軸、その程度しか調度はない。

「この離れの中に八百の二文字と関わりのあるものがないだろうか」

文治郎はぐるっと見廻した。

柳生主水正が割り当てられていた『蓬萊』だったが、深編み笠以外に主水正の荷物はなかった。

「ここでも八百か」

「さっきもいっただろう。駿河屋は暗いひょうきん者だ。この離れでも謎かけを残しているような気がするんだ」

「なるほどな。さて八百を探すとするか……」

「あれだな」

文治郎は掛け軸を指さした。

「あれって……墨絵の大黒天じゃないか」

掛け軸には米俵の上に載った大黒天が墨絵で描かれていた。

「享保の初めに死んだ尾形光琳の作風に似ている」

「へぇ、有名な絵描きなのか」

「京の絵描きだが、華やかな大和絵風の屏風絵などでそこそこ知られていて、好事家の間ではよい値で取引されるようだ。だけど、墨絵はそこまで高くないだろう」

「拙者には絵の善し悪しはよくわからんからな。そんなことより、あの大黒の絵がどうかしたのか」

「大黒天は八百と関わりがあるんだ」

「どういう理屈なんだ。八百万の神だからか。だが、神さまといえば、隣の『高砂』にも恵比寿天の掛け軸があったし、『千歳』にも寿老人があったぞ」

甚五左衛門は口を尖らせた。

「八百丹よし……」

「奈良の都は咲く花の……ってあれか」

「それは青丹よしだよ」

文治郎は帳面に八百丹と綴って甚五左衛門に見せた。

「杵築の枕詞だよ」

「きづき……気づきに掛けた地口なんだな。ところで杵築って何だ」

「たくさんの赤土を杵でつくという意味で、杵築という地名に掛かる」

「杵築ってどこにあるんだ。聞いたことがないぞ」

「豊後国にもあるが、ふつうは杵築大社（出雲大社）のことだ」

「ああ、縁結びの神さまだな」

「そう。主祭神は杵築神つまり大国主大神だ。実は大国がダイコクと読めることから、同じ音である大黒天と習合されている」

「回りくどいぞ。つまり大黒さまは八百丹よしの神という意味なんだな」

「そういうことだ」

「やっとそこに落ち着いたか。しかし、駿河屋ってのは大した物知りだな」

「まぁ、役者の俳名ってのはいまは単に芸名だけど、もともとは俳号だったわけで、俳句や歌をよく詠む者が多い。それだけに多くの書物を読んでいる者も少なくない。また、文人墨客や学者、さまざまな商売の商人などとのつきあいも広いからな。しぜんと物知りになるんだよ」

「では、さっそく掛け軸を改めてみよう」

甚五左衛門は、焦れったそうに鋳鉄の金具から下がっている掛け軸を外した。

「どこに謎が隠れているのかな」

文治郎は大黒天図を仔細に眺めまわした。図の左下には「光琳画」の署名と丸い落款が残されている。

図の上部にはこんな画賛が書いてあった。

——早乙女のうたにあはすか足拍子　宝永元申年五月　甲子風竹館主拝讃

「おもしろい賛だな」

「どういう意味だよ」

「大黒さまは五穀豊穣の神さまだろ。田植をする若い女である早乙女たちが歌う早苗唄を聞いて足拍子もかろやかに踊っているっていう景色だ」

「なるほどな。たしかにこの絵の大黒さまは、ひとつの米俵の上でいまにも足を踏み鳴らしそうに立っているな。画賛を書いた甲子風竹館主って者もまた洒落者だな」

「で、この画賛なんだが。足拍子が気になる」

「足拍子って、舞台で足を踏んでとる拍子か。能では見たことがある」

「そうだ。ひとつやってみよう」

文治郎は板の間の上でトントンと足拍子をとり始めた。

「そういうことかっ。そこで大黒さんになってみてくれ」

〽ござったござった。大黒天がござった。

〽福の神を先に立て、大黒殿がござった。


文治郎は門付芸（かどづけ）の「大黒舞」の歌を歌いながら、打ち出の小槌を振り下ろす真似をして、足拍子を踏み鳴らす。

あっちもこっちも凄惨なきがらだらけの茶寮だが、この『蓬萊』にはない。

文治郎の気持ちも軽くなっていたのかもしれない。

「あっはっはっは、うまいうまい」

甚五左衛門は手を叩いてはやし立てた。

文治郎はぴたっと動きを止めた。

「ここだ。ここがおかしい」

床板は幅が三寸、長さ半間のふつうの寸法だったが、手間の掛かる乱尺張りとなっていた。

板の間の右、つまり東端に近いところの踏み心地が妙に頼りない。

文治郎は何度も足を踏み鳴らした。

屈み込んで指で押してみると、わずかにへこむ。

「ここが外れるぞ。何か平たい鉄の板のようなものはないかな……」

「まどろっこしい。拙者にまかせろ」

甚五左衛門も姿勢を低くして、脇差を抜いた。

板の間に切っ先を突っ込んでこじると、一枚がメリメリという音を立てて剝がれた。

「外れたぞ」

甚五左衛門は叫びながら、外れた床板の黒い穴に手を突っ込んだ。

「あった。下になにかの塊がある」

喜びの声とともに甚五左衛門は、穴から塊を引っ張り出した。

塊は油紙に包まれている。

「包みを解くぞ」

現れたのは、ちょうど文治郎が使っているような帳面であった。

達筆で書かれた表紙の文字が文治郎の目に飛び込んできた。

――書き置き　二代目大谷廣次

「すべてがわかるかもしれぬ」

文治郎の声は震えた。

「ああ……」

甚五左衛門も言葉少なにうなずいた。

「開くぞ」

「頼む」

文治郎はゆっくりと帳面を開いた。

細かく綴られた文字は、廣次の切々たる思いがこもった書き置きだった。

第四章　歳月（としつき）が消せぬもの

1

この書き置きに辿り着いたどこの誰ともわからないお方へ
浦賀御役所のお役人さまですかね。

それとも、この猿島ゆかりのお方さまでしょうかね。

ま、あなたさまがどなたなのかが、あたしにわかるわけもないんだ。

とにかく、なんて頭のいい人なんだろうねぇ。

書き置きを見つけてもらって、あたしは嬉しいですよ。ええ。

ここまでお出でなすったんだから、あたしがどうやって五人を成敗したかは、もうご存じなんでしょ。だから、そのことはもう書きませんよ。

朝まであまり時が残ってないからね。

東の空が白む前に、あたしはこの世とおさらばするつもりなんだ。

だから、ここにはあたしがどうして五人を成敗したかを書きます。

五人にしたってそうでしょう。

何がなんだかわからないで無ざまに殺されてたっていうんじゃ、まるで鼠かなんぞを潰したようだよ。

それじゃ、皆さん格好がつかないからね。

あたしは作者じゃないが、此度は狂言を書かせて頂きました。

その舞台裏ってのを、ひとつご披露しようじゃありませんか。

松平の御前さま

思い出すねぇ。あたしが一番古くから恨み続けたのは、御前さまですよ。

なんてったって、あたしが辰松文七って名で人形遣いをしていた頃の知り合いだ。

そう。今年四十を数えるあたしが、まだ元服したての十六の頃だよ。

だから、もう二十四年も前の享保の終わりの頃だ。

松平の御前さまだって、骸骨みたいじゃなかったよ。還暦そこそこのお歳だったんだ。

あたしは十九で初代大谷廣次の弟子になって、そこから役者としての道をきちんと歩み始めたわけだけど、御前さまはそんなこたぁご存じない。

若い人形遣いの文七ってのは覚えているかもしれない。

いいや、覚えちゃいないだろうね。

御前さまにとっちゃ、文七なんてのは、虫けら同然か、そうでなきゃ浄瑠璃の人形みたいなもんだったんだ。

御前さまはその頃、まだお世継ぎだった公方さま（家重）のお側方として、西城におつとめだった。

お言葉が不自由だとか、ちょっとアレなお噂の絶えない九代さまだけに、八代さま（吉宗）はご心配だったはずですよ。そのお側にお就きになったんだから、将来のご権勢はいかばかりかというお方だよ。

世に名高き知恵伊豆（松平伊豆守信綱）さまのお裔だからね。

あたしもね。だから、松平さまから酒を飲ませるとお呼びが掛かったときには嬉しかったね。

そりゃあ陰間（男娼）つとめくらいは、承知の前だ。

初代大谷廣次の内弟子になってしばらくしてから、あたしは親方と喧嘩して飛び出しちまった。

それで親父と同じ人形遣いの道に入ったが、あたしは役者に戻りたかった。
どんなつらいことに耐えても、いつかは檜舞台に立ちたいと思ってた。
年寄りにお釜をお貸しするのは、そりゃ気色は悪いさ。
だけどね。なんてったって、五千石の大身だ。
本当なら口もきけないくらいの高貴な方ですよ。
気色のいいの、悪いのなんていっちゃいられないよ。
あれは、ちょうど菖蒲の花が盛りの頃の夜だったね。
三千坪もあるような広いお屋敷に上がったんだ。
ご家来の後について、渡り廊下をくねくねと何度も曲がってね。
目もくらむような金屏風が据えられた立派な書院に通されたよ。
お庭のご泉水に細かい雨が降り続いていたね。
「辰松文七め、ここに控えおりまする」
用人さまだろうね。ご家来がしかつめらしいようすで言上したね。
「おお、参ったか」
あたしは口もきけやしない。へへっと応えて平伏したままだった。

「面を上げよ」

上座から高慢な声が掛かった。初めて見た玄蕃、いやさ、松平駿河守信望さまは大変にご立派だったね。

恰幅(かっぷく)のよい身体を、草木紋の更紗(さらさ)なんてとんでもなく高価なお召しものに包(くる)んでいらした。

後ろに太刀持ち、刀持ちのお小姓を従えて、上座にでーんとお座りだった。

「ほほう、噂に聞くよりも男前だの……」

脂ぎった顔の中で細い目をさらに細めて、なめるように十六のあたしを見たね。

「どうした。直答を差し許すぞ」

「手前のような卑しき者にお目をお掛け下さいまして……」

そりゃ位負けするさね。言葉が続かねぇんだ。

「これだけの美男なら、菊も喜ぼう」

あたしは驚いたね。菊が喜ぶっていうから、あたしが男役なのかと……。

つまり、その、なんだ……あたしが御前さまの菊をお責め申すのか、と勘違いしたわけだ。

そうなんだ。これがとんでもない勘違いだってわけだ。

酒と肴が漆塗りの膳にいくつも運ばれてきて、あたしは散々ご馳走になった。

「菊を連れて参れ」

御前さまはご家来に命じたね。

すぐに次の間から、ご家来衆が一人の娘を連れて来たね。

「あっ……」

あたしは声を上げてしまった。

きれいな娘だった。

小さな白い顔で、あごの形がいい。

つぶらな黒い両の瞳は脅えて震えてたけどね。

みずみずしい奴島田（やっこしまだ）がつやつや光っていた。

細布で猿ぐつわを噛まされているから、口元は見えなかったけどね……。

若い、というかまだ幼さが残るような娘だよ。白地の菊松模様の派手な小袖を着ている。

それがね、両手を後ろで縛られてるんだ。

ご家来衆は、娘を書院の真ん中あたりに突き倒した。

なんと、玄蕃の御前さまは、冷たい声でいったね。

「そこで交われ」

自分の耳を疑ったね。御前さまがあたしを呼び出したのは、そういうことだったんだ。

あたしとこの菊という娘を交合させて、それを眺めて楽しもうって腹なんだ。

何ていう悪いお好みだろうね。

「ここで……で、ございますか」

さすがにあたしも、身分の違いをわきまえずに訊き返しちまった。

「ああ。可愛（かわ）ゆい女子だろう。菊という名でな。着物を剥いで好きなように犯してみろ」

御前さまは平気の平左でお命じになったね。

「で、でも……」

あたしは尻込みした。

書院には雪洞（ぼんぼり）がいくつも点されている。座敷はこうこうと明るいんだ。

それればかりじゃねぇ。

お小姓や何人かのご家来が見てるんだよ。

あたしもね。そりゃあ芸人だから、十六とはいえ、まったく女を知らないわけじゃない。でもね、ありゃあご他人さまの前ですることじゃねぇでしょ。

どだい、人前で裸になることにご定法は厳しい。もし、女郎やらが何やらが公の場で裸になって客に見せたら、厳しいお咎めを受ける。鞭打ち刑の上、江戸所払いってのがご定法だ。

ま、ご大身のお屋敷の中じゃ、お役人も一歩も入っちゃ来られないけどね。

役者のうちにはね、秘かに大勢の男と女で乱痴気騒ぎする者だっているよ。だけど、なんてのかな。そりゃあ、みんなでするから、大丈夫なんだ。みんなの気分が、揃って酔っているからできることなんだ。

松平の御前さまみたいに、自分は高みの見物で、若い男と女の営みを酒の肴にするてぇのはまったく話が違う。

それだってたとえば、相手が海千山千の女郎なら、なんとかなるよ。我慢はできるかもしれない。

でもね。違うんだ。

目の前の女はまだ若い。

骨組みは細っこくてね。両腕なんてね、子どもみたいに華奢なんだ。

突き倒された菊は、激しくもがいている。

薄灰青色のとんぼ玉かんざしが小刻みに震えてたのをよく覚えてるよ。

誰だって嫌に決まってるよ。人前で裸に剝かれて犯されるなんざ。

「ご勘弁くださいまし。む、無理でございます」

あたしは頭を畳に擦(こす)りつけて土下座した。

「なんだと」

御前さまの声が尖って響いた。

「お許し下さいませ」

「無礼者め。わしの命が聞けぬと申すか」

なんと。御前さまは恐ろしい形相に変わると、お小姓に持たせていた刀を抜いたんだ。

部屋の灯りに刃がギラリと光ったね。

あたしの背中に冷や汗が幾筋も流れたね。足がガクガクと震えたよ。

「ど、どうか生命ばかりは」

「生命乞いするより、さっさと菊の着物を剝いでしまえ」

「は、はい……ただいま」

しょうことなしに、あたしは菊の小袖の胸元に手を掛けた。

震える手で着物の襟を大きく開いた。

するっと着物が剝がれた。

薄べったい胸は、まっ白だったね。梅干しのような紅いつぼみが二つ。

あたしは痛々しくなって目を背けた。

菊はいやいやするように首を振っている。

「おい、菊は何か申したいようだ。猿ぐつわを外してやれ」

御前さまはおもしろそうに、ご家来衆に命じた。

「お許し下さいませ、どうか、お許し下さいませ」

菊は、か細い震え声であらがった。

「文七、何をしておる。さっさと交われ」

淡々とした声だったよ。何の情もこもってない。

つまり、あたしとこの女は、御前さまのおもちゃか、人形なんだ。

人として扱われてないんだよ。

腹は立ったよ。それこそはらわたが煮えくりかえった。

だけど、斬られたくはないさ。まだ、十六なんだから。

あたしは必死で、菊の帯を解いた。

だけどね、自分のものがまったく役に立たないんだ。

どんなに頑張っても、男として菊を襲えないんだ。

「どうした。無理なのか」

せせら笑うような御前さまの声だったね。

「手前は不調法で……どうぞ、お許し下さいまし」

あたしは裸に剝いた菊の身体から飛び退くと、もう一度、畳に頭を擦りつけた。

「ふふふ、未熟者め。明日の夜、また参れ。明日も酒と菊を馳走してやる」

ようやくお許しが出た。

それからどうしたかって。

次の晩、なんとか自分の男を励まして、菊を抱いた。

つらいはずだ。菊は泣き声を上げ続けた。

菊は生娘だったよ。

御前さまはお楽しみだったね。盃を何度も何度も干していらした。

ご家来衆はというと、身じろぎもせず水を打ったように静まっている。まるで置物だった。

あたしはつらくてつらくてね。

女の操ってのは、好きな男に捧げるべきものだよ。

無理やりこんな恥ずかしいかたちで操を捨てさせられた菊がかわいそうでならなかった。

それから半月近く、あたしは毎日、屋敷に呼ばれた。

二人は御前さまとご家来衆の前で、何度も何度も交わらされた。

嫌で嫌でたまらなかったが、生命には替えられない。

菊も段々と慣れてきて泣かなくなったけれども、畜生道に堕ちた気持ちだったね。

だけどね。不思議なもんだな。

あたしはいつかこの菊って娘に情を移してしまった。

お屋敷を下がると、会いたくてたまらなくなるんだ。

ことが終わって御前さまが満足なさると、二人は次の間に下げられる。

そこで夜食が出てくるから、二人で話す暇もあるんだ。

「お菊さんは、御前さまのご家来なんですよね」

「あたし、ここのお家のはした女です」

「いつからこの屋敷にいるんだ」

「先々月のことです。あたし本所の出で、かんざし職人の兄と二人暮らしだったんです」

「へえ、兄さんはかんざし職人か」

「弥平っていいます。このかんざしも、兄の弥平が作ったんです」

かんざしを髪から抜いて、菊はちょっとだけ得意げにあたしに見せた。

はじめの時から島田に挿していた薄灰青色のとんぼ玉かんざしだ。少し白の乱れ縞が混じった真ん丸のとんぼ玉だよ。

とんぼ玉なんて、めっぽう珍しいかんざしは、兄貴が作ったもんだったんだ。

「でも、兄の足手まといになりたくなくて」

誇らしげにいう菊はどこか子どもっぽかったね。

「で、ここへ奉公に上がったってわけだな」

「お世話下さる方があって、こちらにご奉公に上がりました」

「それで……あの最初の晩は……」

「あの最初の日の前の晩に、奥方さまから、御前さまがお召しだからっていわれたんです」

「殿さまのお側に上がれってことだったのか」

「いいえ、初めから、そういうつもりじゃなかったんだと思います」

菊は首を振ったね。

「要するに、御前さまは、年取って男のほうが役に立たなくなっちまって、他人のを見るのが楽しみなわけか」

「そうなんだと思います。お噂では、どのお側さまのところにも、もう長いことお渡りにならないようです」

「それで、こんな……ひどいことを」

あたしは声をぐんと落とした。

ご家来衆の誰かに聞かれたら、首を落とされるからね。

「最初はつらくて、恥ずかしくて、死にたくなりました」

「それはつらかったろう」

「じっさいにお座敷を下がった後に、舌を嚙もうとしたくらいです」

「死んじゃいけない」

あたしが叫ぶと、菊は小さく笑った。

いい笑顔なんだな。これが。

澄み切った笑顔ってああいうのをいうんだね。きっと。

「でも、あたし、文七さんなら……文七さんならいいんです」

菊は耳も顔も真っ赤に染めてうつむいた。

「お菊……」

あたしはお菊が可愛くなって抱き寄せたね。

この女と生きてゆこうと思った。

お菊と所帯を持って、子どもを作って幸せになろうと思った。

でも、あたしはまだ十六だ。

駆け出しの人形遣いだから、女房を養ってゆくような甲斐性があるはずもない。照れくさくって、将来は所帯を持とうなんて、いい出せなかった。

ところがね。半月を過ぎた次の日にとつぜんお屋敷からお召しがなくなった。それまで毎日来ていた屋敷からのお使いが来なくなったんだ。

お使いが来ないのに、大身のお屋敷にこっちからノコノコ出かけていけるわけはないや。

あたしは菊に会いたくて会いたくて、何日もお屋敷のまわりをウロウロしていた。そしたら、見覚えのあるご家来が御門を出て来られたので尋ねたよ。割と身分の低いご家来だったね。

「おや、おまえは文七ではないか」

「へぇ、お世話になっております」

ご家来はにやにや笑って見下すようにいったね。

「褒美がほしくて参ったのなら、もうお呼びはないぞ」

あたしはそんなことが聞きたかったわけじゃないんだ。

「あの……ご家中の……菊は元気にしているでしょうか」

「ははは、あの女に惚れたか。あのはした女なら、とうに御祓箱になったぞ」

あたしは目の前が真っ暗となったよ。

「なにか不都合がございましたのでしょうか」

「さぁな、ご無礼があったのだろう。こんなところに立ち止まっていないで、どこぞへ立ち去れ」

その足で本所へ行って、菊の家を探しまわった。

最後の晩はぼうっとなっちゃって、菊の住んでいるところを聞き出していなかった。

悔やんでも悔やみきれなかった。

本所だって広い。そうそう見つかるもんじゃない。

あたしはまったく、途方に暮れたね。

それから今日まで御前さま、つまり松平玄蕃と会うことはなかったってわけさ。

向こうも枯れ木みたいなじじいになってたけど、こっちも年を取った。

会ったってわかるわけはない。

え。そんな二十何年も前のことで執念深いって。

そういわれりゃ、そうかも知れないねぇ。

だけどね。あたしが玄蕃を恨んでるのは、半月やそこらの話だけじゃないんだよ。菊の話だけでもないのさ。

ほとんど女を知らないところへあんな奇妙な床入りが続いたろう。それが、あたしの身体に染みついちまったってことなんだ。

まったく恐ろしいのは人の性さね。

あたしはそうじゃなくっちゃ駄目な男にさせられちまったんだよ。

え、わからないかい。

つまり人前じゃなくちゃ、男と女の営みが、できなくなっちゃったってことだよ。あんなにつらくて恥ずかしいことが、好きになっちまったんだよ。

まともじゃない身体になっちまったわけさ。

そのせいで、一生、どれだけ苦労したかわからない。

玄蕃のじじいのロクでもない色好みのせいでよ。

半月の間、玄蕃はたくさんの褒美金をくれた。一日一両っていう、その頃のあたしにとっちゃ、とんでもない金が手に入ったんだ。

数年してから、あたしは、初代廣次に詫びを入れた。ふたたび門下に入って、やがて、廣次の養子となって大谷文蔵と名乗れた。

そのときに親方や兄弟子たちにたくさんの金を贈った。

玄蕃の褒美金十六両があったから、あたしは役者に戻ることができたわけだよ。

その代わりに、あたしは大事なものを失くしちまったってわけさ。

その後、数年してから女房をもらった。

タツって名前で、辰年生まれの小股の切れ上がった女だった。

あたしが酉年の生まれだから、七つ下ってことになる。

これがいい女房でねぇ。

いつぞや、あたしが役作りで困っていたときのことさ。

そう。初めて曽我狂言で河津三郎を割り当てられたときの話でね。

タツは河津三郎と組む股野五郎の台詞をいつの間にか覚えていて、あたしの前でやりやがんだ。

それも冗談めかして楽しそうにね。

落ち込んでるあたしを傷つけないように、ふざけたフリして台詞をいうんだよ。

役者が舞台で演じた台詞を本にした「せりふ正本」を、隠れて買っていたらしい。

心のなかで手を合わせて、あたしはタツを拝んだよ。

タツを相手にずいぶん稽古させてもらった。

本番の舞台でね、仙石屋（初代中村助五郎）の股野五郎と組んだら、稽古の甲斐あって大当たりさ。『助廣次』って持ち上げられてずいぶん評判になったものよ。

正月興行に欠かせない曽我狂言じゃ、曽我五郎や十郎並みの人気が出た。

こりゃ、ぜんぶタツの内助の功って奴さ。

そんなこんなで、あたしとタツの所帯は、はじめは笑いが絶えなかった。

でも、いざ、床のことになると、駄目なんだ。

だれかが見ててくれないと、あたしのそれはまったく役に立たないんだ。

ご他人さまってわけにもいかないから、あたしゃいつも弟子の文九郎に物陰から覗かせて、女房とのことを為してたってわけさ。

もちろん、タツには内緒でね。

ところがあるとき、これがタツにバレちまった。

タツは髪を逆立てて怒ったよ。

夜具をまとって、あたしの前に立ちはだかったタツはまるで夜叉みたいだった。

で、それから二人の間は何もかもうまくいかなくなっちまった。
結句、タツはまだ幼い娘を連れて家を飛び出しちまった。
まともな女ならあたりまえさ。
嫌いでもない女房に出て行かれるほどつらいこたぁないやね。
タツと別れた後も、十人以上の素人と暮らした。
だけどねぇ。一人として半年と続いた女はいなかったのさ。
あたしは一生、女ってものと暮らせない男にされちまったんだ。
だから、御前さまを真っ黒焦げにしてやりましたよ。
え、執念深いって。
へっ、冗談じゃねぇや。
あれから二十四年。遅すぎたくらいだよ。
あのじじいのせいで、あたしがどれだけの苦しみに焼かれ続けたっていうんだ。

2

菊の話がどうなったかって。

そりゃあ続きがあるさ。

あれから五年ほどして、初代大谷廣次へ詫びを入れて文蔵って名乗ってた頃の話だよ。そう、あたしは二十一になっていた。

新富町の古道具屋へ立ち寄ったときのことだ。

なぁに、芝居の小道具に使う煙草入れでも買おうと思って立ち寄ったんだ。

店先には色とりどりの古かんざしがずらりと並んでいた。

あたしの胸はどくんと鳴ったね。

薄灰青色のとんぼ玉……。

決して忘れやしない。菊が島田に挿してたかんざしさ。

「このかんざしはどこから買い入れたんだっ」

あたしはとんぼ玉のかんざしをつかんで、店の年寄りの主人に詰め寄った。

首を絞め上げるような勢いで訊いたね。

「乱暴はやめてくださいよ。わかるわけねぇです。そんな小物はまとめて買い入れるんだから」

どうしてもいいやしねぇんだ。

詮方ないから、かんざしを言い値で買って店を出たよ。

困り果てたあたしは、考えた末に、ある手立てに思い当たった。

蛇の道は蛇っていうじゃないか。

金をはたいて、下っ引きをしている藤助って男に調べてもらった。

二月ほどでわかったよ。

横網町の又造っていう地回りさ。

この男が、何本ものかんざしを売っ払ったんだ。

評判のよくない男で、女衒（ぜげん）とかね。いろいろと後ろ暗いことをやってるって話だった。女衒ってのは人買いさ。女をかどわかして、遠くの女郎屋とかに売り飛ばすんだ。

あたしがどんなにジリジリしたかはわかるだろう。

藤助から又造のねぐらを聞き出すと、あたしは匕首を胸にのんで横網町へ向かったね。

いざとなったら、又造を刃物で脅してでも、菊のゆくえを聞き出す覚悟さ。

ところが、又造は雲を煙と、どこかへとんずらしていた。

近所の話じゃ、いろいろとまずいことがあって、御番所（町奉行）に捕まりそうになって逃げ出したんじゃないかってさ。

困り果てて、も一度、下っ引きの藤助に金を払って泣きついた。

そしたら、又造が女を売り飛ばす先は、東海道の藤沢宿の女郎屋が多いってことがわかった。

家へ帰ると、旅支度を整えて日本橋へ向かったね。

秋風が吹き始めた東海道を下る間も気持ちは急きに急いた。

そりゃそうさ。

女衒の又造が、かんざしを古道具屋に売っ払ったってことは、菊は藤沢宿あたりの女郎屋に叩き売られた恐れがあるってことだ。

あのいたいけな菊が、苦界に堕ちていることが、心配で心配で……あたしは何度も転びそうになりながら、街道を西へと急いだ。

吉原とは違って、宿場町には表向きは女郎屋はないことになっている。

宿屋が飯盛女って名目で春を売る女を置いているんだ。一軒の宿に二人か三人の飯盛女を置くことは、ご公儀も認めている。飯盛旅籠っていう奴だ。

そんなところへ、菊は売られたのかもしれないのだ。

その晩は川崎宿で一泊して早立ちし、藤沢宿に着いたのは、夕方前の赤い陽ざしが街道に降り注ぐ刻限だった。

「お客さん、鶴屋へどうぞぉ」

「旦那さん、寿屋はどのお部屋もきれいですよ」

ずらっと軒を連ねた宿屋じゃ、女たちが早く着いた旅人たちを呼び込む声がやかましく響いている。

「菊という名の、本所から売られてきた娘を知らないか」

あたしはあっちこっちで訊いてまわった。

宿場の飯盛女は、近在の農家から借財のカタに取られてくる女が多かった。

「知らないねぇ」

「ゆすりかい。水掛けるよ」

夕方前の忙しい刻限だけに、あっちこっちで散々なもてなしだよ。

だが、知っている者がいた。

本所から来た女ということで、ある宿の下足番の爺さんが知っていた。

「その女なら、たしか小松屋にいたね。けど、病になって、三藤稲荷さまの裏手の小屋にいるはずだ」

あたしは米つきバッタのように、爺さんに頭を下げると、宿を飛び出した。

宿場町の北側に赤い鳥居が並んだ小さな稲荷明神があった。

裏手の小屋っていうのもすぐに見つかったよ。

屋根が大きく傾き、板壁に黒いカビが生えたみすぼらしい小屋だった。

菊がこんなところにいるのかと思うと、胸がつぶれたね。

引き戸に手を掛けると、柱が歪んでるのかなかなか開きゃしない。

ずずっ、ずずっと嫌な音がした。

「誰……」

奥から、か細い、なつかしい声が聞こえたときには、鼻がツーンときた。

「俺だよ……文七だ」

開ききらない引き戸の隙間から、身体をすべり込ませると、すえた臭いとカビ臭さが鼻をついた。

薄暗い小屋の奥にはわらぶとんが敷いてあった。

半身を起こしている女の姿が見えた。

「お菊っ、菊っ」

あたしは小屋の床にけつまずきながら、女の側にすり寄った。

明かり取りから白い光の筋が女を照らしてた。

薄闇に消えてしまいそうなくらい、信じられないほど痩せこけている。

だが、顔を寄せてみると、間違いねぇや。五年も焦がれてた菊だ。

髪を下ろして束ねて、紺鼠の浴衣(ゆかた)だか小袖だかわからないような妙な着物を着てた。

小さな白い顔は化粧っ気もないし、青黒くくすんで、黒い瞳はすっかり力がなくなってた。だけど、あの形のいいあごはそのままだった。唇だけは妙に、その……不吉に紅いんだ。

「文七さん……ほんとうに文七さんなの」

菊はあたしの顔をぼんやりと見ると、夢から覚めたような声で訊いた。それもまったく力のない声だった。

「そうだ。文七だよ。これ……」

あたしはとんぼ玉のかんざしを、菊の目の前にかざして見せた。

「え……なんでそれを」

菊は驚きと喜びの入り混じった顔であたしを見つめたね。

「このかんざしが俺とおまえを、また、引き合わせてくれたんだよ」

いうなり、折れそうな菊の身体を抱きしめた。

昔よりますます薄っぺらになった胸がとくんとくんと脈を打ってる。

かき抱く両腕に力をこめると、菊は身体を離して激しく咳をした。

「あたしね……労咳なのよ。もういつ死んでもおかしくないの……」

返事ができなかった。

悲しいから、菊のユスラウメみたいな唇に自分の唇を捺し当てた。

「そんなことしたら、伝染るから」

「かまいやしねぇ」

「だめよ……」

やさしく身体をそらしたと思ったら、またも菊は激しく咳き込んだ。

「ごめん……座っているのも……むりなの……」

「いいから、寝ていろよ」

あたしは張り裂けそうな気持ちを隠そうとして、あわてて言葉を継いだ。

「あれから、どうしてたんだ」

「お屋敷に文七さんがお見えにならなくなってすぐ、あたしはお暇を出されたの。まわりの人に聞くと、御前さまの悋気(りんき)のためなんですって」

あたしは驚いたね。

「悋気……あの玄蕃のじじいは、俺たちの仲にやきもちを焼いて、菊を放り出したのか」

「御前さまは、文七さんとあたしが心から睦(むつ)み合っているのをお許しになれなかったのね」

あんまりにも勝手な話じゃねぇか。

無理やり娶(めあわ)せておいて、二人が好き合うとやきもち焼くなんてよ。

「きっと、文七さんが若くて男前だから……悔しかったのよ」

喉の奥で菊はかすかに笑ったみたいだった。

「あたしは本所の兄の家に戻りました。あんたに……文七さんに会いたくて毎日捜し回ってたのよ。兄にも承知してもらって……そんな矢先でした……」

菊の声が暗く沈んだ。

「兄が辻斬り（つじぎ）に遭ったんです」

「つ、辻斬りだって……で、死んだのか」

菊は力なく首を振った。

「右手をひどく斬られて……生命は取り留めたんですが……」

「どうしたっていうんだ」

「筋が切られてて動かすことができなくなって。三日くらいふさぎこんでたけど、ある晩ふらっと出ていって、大川に飛び込んで死んだの……」

「そうか……右手がなきゃ……かんざしは作れねぇな」

あたしもさすがに言葉がなかったね。

「途方に暮れてたら、ある男の人が親切にしてくれて、どうやって暮らしていいかわからないで困ってたら、その人がいい奉公先があるって」

「その男に騙されたんだな」

「程ケ谷宿（ほどがやしゅく）の宿で手籠めにされて、この藤沢へ売られてきたんです」

菊は目を伏せた。

「又造っていう男だろ」

「え、文七さん、どうしてそれを」

菊は口をあんぐりと開けた。

「これだよ。このとんぼ玉かんざしが教えてくれたんだ……」

あたしは新富町でかんざしを見つけてから、この小屋に辿り着くまでのいきさつを話した。

「兄さんが、文七さんをここへ連れてきてくれたのね」

菊の瞳から涙があふれ出た。

「いつの間にかあたしにはたくさんの借金があることにされていて、小松屋で働かなきゃならないことになってて……」

「なんてひでぇ男だ」

声がかすれたね。そういう手合いのやり口だってことは知ってたけど、菊がこんな目に遭わされるなんて。

「あたしね、本性をさらけ出した後の又造の目が怖くって怖くって、いまでも時々、夢に見てうなされるの……」

「ロクでもない男だからな。そりゃあ目つきも悪かろう」

「蛇みたいなとっても冷たい目……睨まれると、身体がすくんじゃって逃げ出すこともできなかったの」

「いつか又造って野郎の目ん玉をくりぬいてやる」

もちろん本気だったよ。菊をこんな地獄に堕とした大悪人だからね。

「又造が江戸へ戻る前の晩、ひどく酔っ払って、ぜんぶのからくりを話したの。兄の右手を斬ったのは、侍の子だったんです」

「な、なんていう侍だ」

「柳生播磨守さまってお旗本のご嫡男ってことしかわからない。たしか、あのときで十を数えたくらいの年頃だったはずよ」

「たぶん剣術の家だな」

あたしの声は乾いていたはずだ。

「で、ご嫡男は子どもの頃から『おまえは臆病だ』っていわれ続けて、自分が臆病じゃない証しを立てようと、夜の本所で辻斬りを始めたらしいの」

「なんて馬鹿な話なんだ。自分の勇気を見せようとして、罪もない職人に斬りつけるなんて」

「結局、怖くなってすぐにやめたらしいの。で、お父君の播磨守さまは、お子さまには甘くて、もみ消すことに躍起になったそうよ」

「家名を守る意味もあったんだろうな」

「で、お屋敷に出入りしていたのが又造よ。柳生さまから頼まれて、又造は息子の不始末の尻ぬぐいをしてまわってたってわけ」

「それでおまえを江戸から追っ払ったっていうわけか」

あたしの声は震えたね。なんてひどい話だろう。

「そう。余計なことを触れ回ることもできなかろうって」

もうひとつの疑いがムクムクと湧き起こったよ。

もしかすると、弥平は又造に大川に突き落とされたのかもしれない。けどね、いまさらそんなことをいって、菊を悲しませても意味はないやね。

「仇は柳生播磨守の嫡男だな。よしわかった」

「どうするつもり」

「仇討ちするに決まってるじゃねぇか。弥平の……兄さんの仇を討ってやる」

「やめて」

菊はまたひどく咳き込んだ。

「おい、大丈夫か」

肺腑を吐き出しちまいそうなほどひどく。

咳がやんで、息を整えてから、菊はあらたまったようすになった。

「そんなことより、文七さんに頼みがあるの」

「なんだい。頼みって」

「あたし、藤沢に来てから娘を産んだの」

「そりゃ、よかった……」

いいかけて、あたしは言葉を吞み込んだよ。いったい父親は誰なんだ。まさか又造に手籠めにされたときにできた子じゃないだろうな。そう思ったら、口がきけなくなった。

「悔っていって縹緻よしの娘なの。でも、あたしが労咳だから、伝染るといけないって、小松屋の旦那に取り上げられて……」

「ひでぇ旦那だな」

菊はかすれ声で続けた。

「こないだ、江戸へ売られちゃったのよ。まだ、五つなのに」

「なんてことだ」

あたしは身体じゅうの血が上るほど腹が立ったね。誰の子にしたって、五つの娘を売るなんて、人の道に外れてら。

「その子を何とか見つけ出して助けてほしいの」

淋しさとつらさの入り混じったような顔で、菊はぽつんと言った。

「だって、その子はね……文七さんの子なのよ」

あたしの心ノ臓がどきゅんと脈打った。

「そ、それじゃ、つまり……松平屋敷の時に」

舌がもつれたね。

「そう。藤沢へ来て半年してから生まれた子なのよ」

「そうだったのか……」

たしかにここへ来て半年で生まれた子となれば、勘定は合うよ。もちろん、俺の初めての子だ。なんだか、実感がないっていうか、妙な気持ちだった。とにかく江戸へ売られたってことが重くのしかかってきた。

「でも、どうやって捜したらいいんだ」

「あのね。梅の首には、遊行寺さまのお守りを掛けてあるの」

遊行寺は踊り念仏の総本山さ。藤沢で一番大きなお寺だ。正しくは清浄光寺というのだそうだ。

「お守り袋の紐に、小さなとんぼ玉を付けてあって……」

「もしかして、これと一緒かい」

薄灰青色のかんざしをかざすと、菊はこくんとうなずいた。

「わかった……きっと見つけ出す。約束するよ」

胸を叩いたものの、自信はまったくなかった。

ひろいお江戸の八百八町から、小さなとんぼ玉ひとつを見つけるなんざ、とても無理な話だよ。

「ね、お願い」

菊は手を合わせた。

「もちろんだ。頼まれなくったって、俺の子じゃねぇか」

あたしは鼻から息を吐いて請け合うしかなかった。

「菊ちゃん、変わりないかい」

しばらくすると、腰の曲がった婆さんが手かごに入れた夕飯を持って来てくれた。

だけど、どす黒い麦ばかりの飯と、薄い汁とひねた沢庵漬がふた切れだけだ。こりゃ死なないまじないってやつだ。

こんなもん食ってたら、治る病も治りゃしねぇやな。

うなぎでも、かしわでも、卵でも、もっと精のつくものをたんと食わせなきゃ。

明日になったら、宿場でなにか見繕ってこようってあたしは思った。

「あたしのいい人よ……文七さんっていうの」

菊は嬉しそうだった。

「へぇ、菊ちゃんが夢に何度も見てたって人かい」

菊は照れ臭そうに笑った。

「すみません、菊が世話になってます」

あたしは頭を下げたよ。

「いいや、あたしゃ何にもしてないよ」

婆さんはしわだらけの顔をくしゃっとさせて首を振った。

「自分のところの旦那の悪口はいいたかないけどね。さんざん稼がせといて、病になったら、こんなところにうっちゃってさ。うちの旦那はいい死に方はしないね」

婆さんはぶつぶつ小松屋の主人の悪口をいいながら帰って行った。

菊は夕飯もロクに喉を通らないようだった。

「もう、思い残すことはないわ」

夜が更けると、菊の声に力がなくなった。

口をきくどころか、息をするのも苦しそうだった。

「すまねぇ。つい、夢中になってしゃべって、おまえに無理させちまった」

「お梅のことは……気がかりだけど……こうして……最後に文七さんに会えた」

「よせ、せっかく会えたんじゃねぇか」

「ほんとよ、もういつ死んでもいい……」

「ばか、縁起でもないことを口にするもんじゃねぇ」

あたしは本気で叱ったよ。

だけど菊は返事をしないで、すーっと眠りに落ちた。

あたしは菊の隣のわらの中で寝た。

つないだ手の先が、あんまりに冷たくて、あたしは何度も息を吹きかけて温めたよ。

でも、何度温めても菊の手はすぐに氷みたいになっちまうのさ。

明け方のことだった。

ヒーヒーと苦しげに息を吐く音で目が覚めた。

蒼い光の中で、菊が海老のように身を丸めて苦しがっている。

あわてて飛び起きると、わら布団の上に、茶碗一杯分くらいの赤い血がたまっていた。

鉄臭い血の臭いが鼻を襲った。

「どうしたんだ。血を吐いたのか」

菊はなにも答えられずに、身体を細かく震わせている。

「しっかりしろっ、お菊っ」

菊の両眼の色がおかしい。黄色くなっているんだ。

薄青い光の中で、横に座ったあたしを見て菊は聞こえないほどの声でつぶやいた。

「ぶ、文七さん……もうだめ……」

「なにをいってるんだっ」

あたしは菊の身体を抱え起こした。

菊の息が弱々しく途切れがちになってゆく。

「おい、しっかりしろ。しっかりするんだ」

「会いに来て……くれて……あ、ありが……」

その言葉を最後に、すーっと息が止まった。

「お菊、お菊っ」

必死に揺すっても、離れゆく菊の魂をつなぎ止めることはできなかった。

それきりだった。

息も途絶え、胸も動かなくなった。

人なんて最期はあっけないもんだって思い知らされた。

菊の薄べったい身体は、腕の中でどんどん冷たくなっていく。

もっと早くここへ来なかったことへの悔やみが、業火のようにあたしを苛(さいな)んでいた。

泣き声に気づいて、はっと辺りを見まわした。

けれど、誰もいやしねぇ。

何のことはねぇや。自分が泣いてたんだね。

あたしはそのまま、いつまでも冷たい菊の身体を抱き続けていた。

菊はあたしにいままでのことと、梅のことを伝えることに力を使いすぎて生命の火を燃やし切っちまったんだね。

夜が明けて朝飯を持って来てくれた婆さんに、菊が死んだことを伝えた。

婆さんは思いのほか、落ち着いていたね。

「悲しいけど、驚かないよ。菊ちゃんね。何度も死にかけたんだ。医者にもみせてもらえず、見殺しだからね。まぁ飯盛女なんてのは、みんなそんな扱いだし、あたしみたいに長生きしたって、ろくなこたぁなんにもないから」

あたしは婆さんに、なきがらの始末を頼んだ。

小屋から少し西北にある永勝寺(えいしょうじ)という真宗のお寺に葬ってもらうことにした。ここは藤沢宿の飯盛女が死んだときに埋めてもらっている寺だったよ。

菊の宗旨はわからなかったし、この際、ほかに手はなかったから。

手持ちの金の中から、せいいっぱいの回向料を婆さんに渡して、藤沢宿を後にしたんだ。

東海道を東へ戻るあたしの心のなかに、二人の男への深い深い怒りが渦巻いていた。

もうわかっただろうよ。

なんで主水正を殺したか。

西城書院番、柳生主水正久隆（ひさたか）。こいつこそ、菊の兄、弥平の右手を切った小僧の二十四年後の姿だ。

この駄文を読んで下さってる、勘がいいあなたさまなら、もうおわかりでしょ。

横網町の地回り又造の成れの果てが、猿島茶寮の手代、佐吉だよ。

あたしは二人のことを長年追い回していたんだ。

この二人のせいで、菊は地獄に堕とされたんだからね。

今日はめでたく、積年の恨みが果たせたってわけだ。

3

それから年月が流れて、菊の十三回忌もとうに過ぎた。

その頃は、自分の役者としての人気も上がり、金回りもぐんとよくなっていたよ。

見ての通り、あたしはそんながっしりはしていない。だけど、声も太いし、上背もある。立役（男役）として役者稼業を続けて来られた。ことに実事と荒事の芸で名前が上がったね。

実事ってのはしっかりした男の役だね。円満で沈着で勇気があって、まず「忠臣蔵」の大星由良之介みたいな役柄だ。

荒事ってのは力強い男役さ。成田屋父子（初代、二代の市川團十郎）が作り上げたんだ。ちょうどその頃、千両役者の二代目團十郎が荒事の旗頭だった。

曽我狂言じゃあ、荒事の河津三郎役で当てた。

見得を切っても六方を踏んでも、大向こうから駿河屋の掛け声が上がったよ。

前の年に死んだ初代の跡を継いで、延享五年（一七四八）に、二代目大谷廣次を襲名した。役者として順風満帆だった。

だけど、あたしの気が晴れた日はなかった。

いつも心に掛かっているのは、菊から頼まれた梅のことだった。

生きていてくれ。

日々そう願い続けていた。

縹緻よしの娘が売られて行く先は決まっている。吉原か四宿（千住、板橋、内藤新宿、品川）か、いずれにしても苦界に身を沈めているに違いない。

役者なんて稼業だから、そりゃあ吉原には繁く通う。ずいぶんたくさんの女と遊んだよ。この頃は、店を替え妓を替えても、あからさまに誹られなくなってきたからね。

だけど、遊女三千人御免の場所だよ。もし、この廓にいたとしても、たやすく捜し出せるはずはない。大げさにいえば大海で針を探すっていうような話だ。

あたしの場合には、梅を見つけたい一心だから、一人でも多くの妓と会ってみたかったんだ。

敵娼には必ず守り袋を見せてもらって、朋輩やまわりにとんぼ玉を持っている者はいないかって必ず聞いたよ。

「あの……主さんは、なんで、守り袋なんてことを聞きなんすか」

女たちは誰も不思議がったね。

もちろん、梅を捜すためだが、知らずに実の娘と寝ちまうのが怖かったからでもあった。

あれは寛延三年（一七五〇）のことだったな。梅ももう、十六にはなっているはずだった。

吉原じゃ十六はまだ独り立ちできる年じゃない。

まだ新造（しんぞ）として花魁の世話を受けている年頃だ。

十七を数えた後に水揚げ（花魁になる）というのが吉原ではふつうだった。

禿（かむろ）あがりで縹緻よしの振袖新造（ふりそで）は、将来一流の花魁となって、店を背負（しょ）って立つ身だ。それで水揚げまでは客は取らせない。

でも、客を取っている花魁の中に十六の娘がいないとは断言できない。

ところで、あたしが馴染みになった花魁の中に浮舟（うきふね）ってのがいた。

いやいや、この妓は、もう二十三、四になっていたよ。

店の名前は勘弁してもらいたい。迷惑が掛かっちゃうからね。

まぁ江戸町のさる大店だと思ってもらえばいいや。仮に九郎助（くろすけ）屋とでもしておこう。

茶屋の名前も伏せさせてほしい。

九郎助屋で一番を張る浮舟は、全盛をほんの少しばかり過ぎた花魁だったが、そりゃあすこぶるつきのいい女だった。いささか険があるが、切れ長の瞳は賢しげに光っていた。

その上、目から鼻へ抜けるように聡くて、誰にも負けぬ床上手と来れば、そりゃあ人気が出るのも無理はない。一時期は飛ぶ鳥を落とすほどの勢いだったそうだ。

ひっそりと付き従っている振袖新造の小舟(こふね)がまた、かわいい娘でね。

ひな人形のような小作りな顔も、いつも潤んだような黒い瞳も実に愛らしかった。肉置(ししお)き豊かなねえさんの浮舟とは逆に痩せぎすだったが、将来は、素晴らしい花魁になると感じさせる娘だったよ。

あれはたしか、梅雨入り前のさわやかな時季のことだった。

浮舟の身体がほかの客の相手でふさがっていた。

そんなときには、振袖新造が、ねえさんの名代として座敷に来るのが決まりだ。

いや、床入りはできない。

振袖新造は添い寝するだけだ。

客は、名代には絶対に手出しをできないというのが、廓(くるわ)の定法だった。

それでも玉代は同じなのだから不思議な話だが、廓ってのは見栄の場所だからね。

大引け過ぎになって、音曲もやみ、あたりもだいぶ静かになった頃のことだ。酌をしてくれる小舟にあたしは聞いた。

「小舟、おまえ、ふるさとのことを覚えているかい」

「いいえ、わっちは物心ついたときから、ここのおうちで育ちんした」

小舟は小さく首を振った。

「ここのうちに来る前の……自分の名前は知っているか」

「覚えておざんせん。でも、主さんは、どうしてそんなことを聞きんすか」

答えようがないので、肝心の問いに移ることにした。

「まぁいい……時におまえさんの守り袋を見せてくれないか」

「お守り袋でおざんすか」

小舟は自分の胸元へ手を入れてまさぐった。

すり切れて色の褪せた守り袋を、小舟は小さな掌に載せてあたしのほうへと掲げて見せた。

朱色が黄色に褪せているが、錦には間違いがない。

これまた色褪せた紐から吊された小さなとんぼ玉。

そう、薄灰青色の……。

目がちかちかしたね。

あたしはその頃、菊の形見のかんざしからとんぼ玉を外して根付けに作り直してもらって煙草入れに付けていた。

だが、比べるまでもない。ほんの少し白の乱れ縞が混じった薄灰青色。同じ職人が焼いたとんぼ玉に違いない。

「な、中を見てもいいかな」

あたしは震える声で訊いたよ。

「かまいんせん」

小舟はほほえんだ。

茶色く汚れた二枚の板に挟まれた一枚の護符。

そこに記された「御守護　藤澤山清浄光寺」の墨跡と朱印。

「ゆ、遊行寺……」

あたしは息が止まるかと思った。

「わっちは遊行寺さんの近くの生まれなのかもしりんせん」

「小舟は藤沢の生まれなのかっ」

あたしの剣幕がすごかったのか、小舟はちょっと身を引いた。

「藤沢のことはなにも覚えていないのでありんすぇ」

「そうか……」

その後はとりとめもない芝居の話などして時を過ごした。

梅が穏やかな気性で聡いことが嬉しかった。

だがね、その晩は、ついに父娘(おやこ)の名乗りができなかったのさ。

知らぬこととはいえ、梅がこんな苦界に沈んでいるのは、あたしに甲斐性がなかったからだ。もっと早く見つけ出していれば、禿のうちに救い出して、もっとまともな暮らしをさせてやることもできた。

まんじりともせずに後朝(きぬぎぬ)の時を迎えた。

いや、もちろん、男として我が娘を抱きゃあしない。

小舟は安らかな寝息を立ててよく眠っていた。あたしは切なくてたまらなくて、朝までその細い背中を抱き続けた。

あたしは、小舟、いや梅を身請けすることに決めた。

花魁に比べてはるかに安い新造の身請け料とはいえ大店の九郎助屋のことだ。あたしは相場を調べて、その金を整えるために江戸中を走り回った。

梅が客を取らされるまで、まだ一年近くの間がある。

ところが、舞台のためにふた月ほど、どうしても大門をくぐれなかった。

あたしは身請けのための金をすっかり用意して、小舟を抱える九郎助屋の御内所、つまり楼主の居間を訪ねた。

今日こそ、梅を我が手に取り戻すのだ。

父娘であることは伏せ、温厚そうな五十年輩の主人に梅の身請けの話を切り出した。

「親方、ありがたいご縁と申したいところですが……」

主人は淡々とした顔で言葉を継いだ。

「申し訳ありません、親方。小舟はもう家にはおりませぬ」

胸にすーっと冷たいものが走ったよ。

「誰かが落籍（ひか）したのか」

上ずってあたしは訊いた。

「それが……小舟は急な病でみまかりました」

主人は少しも顔色を変えずに答えた。

「し、死んだだと」

目の前が真っ暗になり、強いめまいが襲った。

「はい。それゆえ、親方の思し召しにはお答え申しかねます」

取りつく島もない主人のようすだった。

あたしは居間を下がると、知り合いの幇間(たいこもち)をつかまえて、九郎助屋の小舟の死について、何か知らないかを訊いた。

「さぁ、なんだか急な病ってことでして……」

「何の病なんだ」

「存じません……あたしはちょいと野暮用がございますんで、えー、これにて失礼をば。親方、ぜひひとつ、またご愉快のお供させて下さいましな」

幇間は言葉を濁すと、足早に立ち去った。

ほかの店の遣り手に訊いても、若い衆に訊いても、誰も同じことしかいわない。

吉原じゅうに口止めがされているのだ。

あたしは藤助に頼んだ。

あれから月日が経ち、しがない下っ引きだった藤助も、いまは諏訪町の親分などと持ち上げられて納まりかえっていた。

三日もしないうちに、藤助の子分がとんでもないことを聞き込んできた。

小舟は一昨日あたりの夜中、かんざしで我と我が喉を突いて死んだのだ。

「ど、どういう事情だ」

あたしは藤助の胸ぐらをつかんだよ。

「く、苦しい。俺に八つ当たりしてどうする」

「すまない、詳しい事情を聞かせてくれ……」

藤助が調べてきた話は、許せるものではなかった。

浮舟を贔屓としているいる金回りのいい若い医者が登楼した。たまたま浮舟はほかの客を取っており、この前のあたしと同様、小舟が名代として添い寝した。

ところが、その医者の心は浮舟から小舟に傾いており、禁を破って小舟に手を出してしまった。どうやら、手籠めにしたらしい。

水揚げ前の新造である小舟は傷物になった。

廓の定法によれば、小舟は厳しい罰を受けるところだが、小舟にその気がなかったらしいことから、温厚な主人はこれを好まなかった。

身請けを迫ったが、医者はそのまま逃げ出して、二度と大門をくぐらなかった。

主人はそれでもお構いなしとしようとしたが、新たなもめ事が起こった。

浮舟の珊瑚玉とべっ甲でできた何両もするかんざしが消えたのだった。

若い衆が捜したところ、なんと小舟の柳行李から出てきた。

十両盗めば首が飛ぶ。

さすがに主人も放ってはおけず、小舟を行灯部屋に押し込めた。

主人は折檻についてひと晩考えることにした。

その晩に小舟は喉を突いて死んだ。

翌朝、食事を差し入れに来た若い衆が、血だらけで虫の息の小舟を見つけて大騒ぎになった。

「わっちは盗んでいんせん……」

苦しい息の下、それが小舟の最期のことばだったという。

「贔屓客を寝取られた浮舟が、面子を潰された腹立ちと、男前の客を盗られた妬みから、若い衆を使って小舟を陥れたって、もっぱらの噂だぜ」

「な、なんだって」

あたしは背中に冷や水を浴びせられたような気がした。

「もっともその若い医者は何度も登楼（あが）ってないらしいんだ。ぞっこんだったのは、浮舟のほうだそうだ。悋気は怖いや。でいいち医者のことで味噌つけてる小舟が、当の浮舟のかんざしなんぞ盗むわけはないやな」

藤助は訳知り顔にいった。

そんなことは藤助に聞かなくたってわかってら。

梅は聡い娘だ。あたしはそれを知っている。

自分が医者とのことでセコな（まずい）ことをやっちまって睨まれているところへ、そんな馬鹿なことをやるはずもない。

あたしは自分を呪った。

ただの一度だけ会えたあの晩、何で無理にも小舟を落籍さなかったんだ。

あたしには二代目廣次って名前がある。信用ってものがあるから、身請けの金は後でも何とかなったんだ。

あたしは歯がすり切れるぐらい歯がみした。だが、後悔先に立たずってやつだ。

ほんの二月の間に、あたしの幸せは引き裂かれちまった。

藤助の家から帰る道すがら、何度も頭を地べたにぶつけて泣いたね。

あたしは、浮舟の鬼にも勝るむごたらしさと、若い医者の薄情な身勝手を、心の底から憎んだ。

二人ともどうしても許せなかった。

家に帰って匕首を持ちだして、浮舟と若い衆と、ほかの店の者と手当たり次第に斬り殺そうと思った。佐野次郎左衛門の「吉原百人斬り」のようにね。

下野国佐野の豪農が、江戸町の大兵庫屋抱えの八つ橋に振られて、当人をはじめ、新造、若い衆、幇間などを撫で切りにしたというやつだ。

しかしね。それじゃあ、あたしの思いは果たせないんだ。

菊と梅、あたしの大事な母娘二人の仇が討てないんだよ。

松平玄蕃、柳生主水正、浮舟、若い医者、佐吉。

五人の息の根を止めてやらなきゃならない。

あたしは時を待つことにした。

そうだよ。浮舟はそれから半年もしないうちに涼しい顔をして、京橋でも一、二を争う八百物屋、常磐屋の妾に納まった。浮舟の本名はタカというんだ。

そうさ。表門の上の首が浮舟の末路ってわけさ。

賢いあなたさまなら、小舟を窮地に追いやった若い医者が林転入門入ってことは、もう、とっくにおわかりでしょ。

4

梅が死んでから、あたしは五人への仇討ちの手立てばかりを考え続けたよ。

焦っちゃいけない。

知恵を絞って念入りに支度を整えなければならねぇ。

ことに大身の旗本である玄蕃と、柳生新陰流の達人である主水正についちゃ、慎重の上にも慎重にやらないと、こっちが返り討ちに遭っちまう。

誰か一人を斃しても、自分が死んだり捕らえられたりしてはならないのさ。五人を殺すまでは死んでも死に切れない。

どう考えてみても、五人をいっぺんに殺すしかない。

あたしは五人をひとつの場所に集めて、一度に殺す術を考え始めた。

まずは、五人がいまどうしているかを、大金をはたいてたくさんの人を使って調べ始めた。

八十四という極老を数えた松平玄蕃信望は、宝暦四年（一七五四）に職を退いて隠居していた。当主を継いだ孫の信直（のぶなお）が、昨年、死んでしまい、家督は曽孫の老之助（信睦（のぶちか））が相続した。だけど、老之助はまだ六歳だから、松平家の行く末が心配で、玄蕃としては一年でも長く生きたかったに違いない。

ここしばらく身体の調子を崩していて伏せりがちだそうだ。しかもときおり、激しい痛みが背中を襲い続けているという。

こりゃ急がなくちゃ、病で死んじまう。この手で殺さなきゃならないんだ。あたしは焦ったね。

次に菊の兄弥平の腕を切った、播磨守久寿の嫡男である柳生久隆は三十四を数えていた。従（じゅ）五位下主水正に授爵され、九年前から西城書院番に任じられているってことだった。

すでに三人の男子を設けている主水正は、いまだに剣技の実力で柳生を名乗ることを許された父の影に脅えているらしい。

父の播磨守は、還暦を過ぎているにもかかわらず、いまも公方さまのご世子大納言さま（後の十代将軍家治）の剣術指南をつとめているそうだ。

主水正はいつまでも父を超えられない悩みを、まわりの者に漏らしているという。父に代わって大納言さまの剣術師範になりたいという願いが強く、ご公儀のご重役などにも、ひそかに賄（まいない）を贈っているって話だったよ。

泣き所がわかれば、誘い込む手立てだって見つかりやすいからね。

林転入門入は、公方さまに呼ばれて勝負する御城碁ってのに出始めてから、ようすがおかしいということだった。小舟を手籠めにしたのも心が乱れていることと関わりがあったらしい。是が非でも碁の腕を上げたいとお灯明を上げて日々祈っているって話だ。

タカは三十に手の届く歳となっていた。常磐屋の妾となっていることはもう書いたね。

常磐屋の主人はまだ四十をいくつか超えたところだ。本妻に子どもができないために、跡取りをほしがっていた。三年以内にタカに子どもができなければ放り出すと、タカに匂わせていた。そればかりか、新しい妾を探し始めているという。

又造は数多くの悪さを重ねた名を捨てて佐吉と名乗っていた。

佐吉は五十に近い。放蕩（ほうとう）が祟って、何度か病に倒れたらしい。若い頃の意気地も勢いも消えてしょぼくれた男になって金杉上町の裏長屋に逼塞（ひっそく）していた。

仕事にも金にも困っており、仕事を探しに時々、桂庵に顔を出しているらしい。

佐吉は女衒になる前に料理人の修業をしていたが、それだけで雇ってくれる会亭や茶屋などあるはずもなかった。

身分も年齢も大きく異なる五人を一堂に集めるためには、どんな計略を用いればいいのか。あたしは悩み続けた。

そんなときに、日本橋に開業した阿蘭陀外科の杉田という若い医者から「太歳」という奇妙なものの話を聞いた。友人から聞いた話だそうで本人は信じていないようだったが、不老不死の仙薬だという。

いや、もちろん、あたしだってまるきり信じたわけじゃない。

その頃、二代目の成田屋（市川團十郎）の家に招かれたときにススホコリというものを見た。贔屓筋の大店の主人が珍しいといって、伊豆で採れたという株を届けてくれたとのことだった。

もぞもぞと動く不思議な黄色いキノコを見て、あたしはこれだと思ったね。

齢八十を超え、そろそろ観念すればいいものを、玄蕃は生きることに執着していた。江戸じゅうの医者を呼び寄せて療治させていると聞く。はかばかしい効がないと見ると、まわりの者に不老不死の仙薬を探させていた。

主水正は誰にも負けず素早く動ける軽い身体を求めていた。父の代稽古に出ることもあるらしく、大納言さまに自分の腕を認めてもらおうとしているのだった。

林転入門入は、太歳は頭がよくなる薬だと焚きつければ、きっと飛びついてくるだろう。碁打ちの道は芝居道と似ているからね。勝つか負けるかとはちょっと違うけれど、芸という意味では一緒だ。あたしには奴の気持ちがよくわかった。

タカは若さと子宝を何よりも求めている。タカにとって子どもを孕むことは、いまのお蚕ぐるみの暮らしを守る唯一の手段なのだ。

佐吉は金と仕事に困っているから、何とでもなるだろう。

あたしは、太歳を使って五人をおびき寄せる舞台を考え始めたよ。

早い時期から五人を集めるのにふさわしい場所には、猿島茶寮を考えていた。

十年ほど前に、一度だけ初代の外川屋惣右衛門に猿島茶寮に招かれたことがある。月を愛でるちょっとした句会を開いてくれたんだ。

あの茶寮なら建物も立派だし、眺めもいいうえに、魚も美味い。

玄蕃、主水正、林、タカの四人を賓客として招いてやろうじゃないか。

佐吉は、存分に金をくれてやって茶寮の番人として雇うのは容易なこった。

あの茶寮を借り受ければいい……。

島のようすは、前に招かれたときにわかっていたから、井戸や蜂の巣なんぞを使うことを思いついたってわけさ。

そこで、外川屋へ遣いをやってみると、すでに初代惣右衛門は死んでいて、二代目となっていた。二代目の外川屋は商売下手らしく、日本橋の店も畳んで銚子の店だけを営んでいたよ。

あたしは、外川屋に百両という金を払って、水無月のひと月、猿島を借り受けることにした。また、あたしが茶寮を借り受けたことは内密にしてもらった。

幸いにも外川屋は、船頭への賃金やたくさんの借財を抱えて商売が苦しかった。金さえ出せば、ちょっとやそっとの無理はきいてくれて都合がよかった。

百両なんて、気前がいいだろう。

あたしには五百両も蓄えがあった。五人を殺すためなら、蓄えのすべてを使い尽くすつもりだった。

なんでこの時期を選んだか、むろん大祓の水無月晦日に公郷村の連中が掃除に来るからだよ。村人たちに見つけてほしかったから、その前の日に五人を罰することにしたのさ。

天下万民の罪と穢れを祓う日に、五人の悪事を皆さまにお披露目なんて、潮合いもよくてぴったりじゃないか。

ススホコリも探し回って、ようやく武州多摩郡の百姓が採ったというものを手に入れた。

支度がここまで滞りなく進むと、八百万の神々が自分に味方してくれているような気がしてきたね。

殺すための仕掛けもあれこれ悩んですべて考えついた。

なにせ、年老いたとはいえ武家の玄蕃、柳生の剣術使いの主水正、しょぼくれたといっても元は修羅場もくぐった地回りの佐吉、こんな奴らを殺すんだ。一筋縄じゃいかない。あたしはない知恵を絞ったよ。

あとは太歳をエサに五人を招くだけだ。

ただ、主水正については、ひと工夫がいる。

旗本は江戸を離れられないきまりだ。なんとかおびき寄せる手立てを考えなきゃならないってわけさ。

含み綿や眉墨、砥粉を使って、まったくの別人に成り変わることは役者のあたしにとっちゃ大して難しいこっちゃない。ちなみに芝居でいう砥粉ってのは、大工とかが使うただの砥粉じゃなくて、砥粉を混ぜた肉色のおしろいのことだよ。

五月晴れのある日だったね。

一人前の武士の姿に身を包んだあたしは、渡り中間や小者を雇って日本橋川に近い柳生家の屋敷に堂々乗り込んだのさ。

「御側用人、大岡出雲守（忠光）家来の宮部帯刀と申します」

しかつめらしい顔で嘘八百を並べ立てた。正体がばれたら生命はないが、もとより生命は捨てている。

どうせ騙りをするなら、大樹さまのご側近としていちばん力をお持ちの大岡出雲守さまの名を持ちだしたほうがいい。

「主水正でござる」

初めて見た主水正は、屈強な身体と鋭い眼光が目立つ中年男だった。

顔つきはふてぶてしく、陪臣（またもの）と称している宮部帯刀なんぞ、見下しきっている。

あたしは、脇差を抜きたい気持ちを懸命に抑えたよ。

そんなことしたら、返り討ちに遭うだけだからね。

「本日は我があるじより、主水正さまへの内々のお願いがあって参上つかまつった次第にございます」

「出雲守さまが、拙者に何を」

主水正は身を乗り出した。

「実は、近々、ご大身のご隠居、松平駿河守玄蕃さまが相州公郷村の猿島までご旅行になります」

「松平駿河守さまといえば、大樹さま（家重）ご側近をおつとめだった方ですな」

「はい。玄蕃さまはご勇退なされたとはいえ、五代さま（綱吉）お小姓もおつとめになった天下の名物。我が主、出雲守もどれほどお世話になったかわかり申さぬ」

「うむ、お目に掛かったことはないがご高名は存じ上げておる」

「ところが、玄蕃さまのお生命を縮めようという賊がいるのでございます。詳しい事情はお話しできませぬが」

「なんと、賊が……玄蕃さまを……」

「つきましては主水正さまには、お微行で玄蕃さまを御守護頂きたく」

「その儀なら、拙者より父のほうがふさわしいのではないか」

「これはくれぐれも内聞に願いたいのですが……」

もっともらしく声をひそめると、主水正は耳をそばだてた。

「もとより承知の上のこと」

「我が主、出雲守は、主水正さまのお人柄と剣技の腕をお見込み申しており、いずれは将軍家ご世子ご指南役への推挙をと願っております」

殺し文句はてきめんだったよ。主水正は嬉しさを無理に抑えつけたようにムッとした顔つきを作ったね。

「まことでござるか」

淡々とした顔に見えて、いまにも笑い出しそうな口元だった。

「されば、伏してお願い申し上げます」

「この主水、この生命にかけても、玄蕃さまをお守りするでござろう」

主水正は、胸を叩いて請け合った。

「では、来たる水無月二十八日の朝五ツ（午前八時）までに、品川湊にもやってある多宝丸にお乗り込み下さいませ。仔細はここにしたためました」

品川湊で多宝丸がもやう波戸の場所などを記した文書を渡したよ。

水無月二十八日に出帆する弁才船の多宝丸船主には、多額の金を払って、主水正たち四人を浦賀まで運ぶように頼んである。この船主も外川屋に紹介してもらったんだ。

浦賀湊では小舟を雇い、猿島まで客を運ぶようにとの手配も終えた。

「しかと承知つかまつった」

喜びを隠しきれぬ主水正を尻目に、あたしは柳生邸を後にした。

門を出るときには、こっちこそ笑い出しそうなのをこらえるのに懸命だったよ。

松平玄蕃と林転入門入、常磐屋のタカには、猿島茶寮で太歳を食わせるとの招待の書状を送った。

ただし、太歳の秘密を守るためにも、家来、小者や従者などは浦賀湊で待たせるようにと書き添えたんだ。

三人からは、すぐに快諾の返事が届いたよ。

待ってました、と叫んで、庭を走り出したかったね。

これは銚子の二代目外川屋惣右衛門に名前を借り、手紙の授受だけを頼んだのさ。外川屋はわずか十両で請けたね。

不老不死の妙薬、太歳の効き目は大したものだったよ。

もう一人手間が掛かるのは、佐吉だった。こっちはお招きするってわけにはいかないやな。貧乏人を招く者はいない。昔に大訳ありの佐吉だけに、かえって怪しむに違いない。猿島茶寮の番人に雇う手がいちばんだ。

あたしは佐吉が顔を出している葭町(よしちょう)の桂庵に、猿島茶寮の番人の求人を出した。年齢は五十前後、料理ができることなど、佐吉が乗ってくるように工夫した。

案の定、佐吉はすぐに食いついてきた。

申し込んできた十数人から、もちろん佐吉だけを選び、外川屋の番頭に化けて、佐吉を浅草の船宿に呼び出した。

初めて見た佐吉には、女を騙して宿場女郎に叩き売ってた又造時代の勢いは残ってなかった。髪は半白だし、年取ってしょぼくれた男だったね。

「おまえの腕を活かしてみないかい」

そんな風におだてたら、顔をくしゃくしゃにしてね。

「まことにありがたいお話で……」

なんて、肩をすぼめて妙に殊勝な善人面してやがんだ。

だけど、話している最中に二度ほど嫌な目つきを見せた。ああ、これが菊が怖がってた蛇みたいな目だな、そうあたしは思った。まぁ、こっちが恨みを持ってるからそう思うんだろうけどね。

あたしはこのときも、目の玉をくりぬいて、佐吉を川に突き落としたい気持ちを懸命に抑えた。

佐吉は匕首くらい隠し持っているかもしれない。ここで殺されるわけにはいかねぇんだ。あたしは。

多額の手当を払って外川屋の手代として仮雇いして、此度の接待がうまくゆけば、本雇いにしてやるというと、佐吉は目を輝かしたね。

水無月二十九日に、松平玄蕃、杉本右近、常磐屋のタカ、林転入門入、さらには駿河屋大谷廣次、つまりあたしだね。この五人を浦賀湊まで出迎える。猿島では、五人を手厚くもてなして料理を供し、太歳を食べさせる。翌日は迎えに来た舟で、五人を朝のうちに浦賀湊まで送る。前日には浦賀湊で人を何人か雇い、猿島茶寮を掃除すること。当日は浦賀湊で食材と酒を整えること。

佐吉に与えた仕事はこれだけだった。

大喜びして佐吉は帰って行ったよ。

気持ちを抑えてにこやかな笑顔を作り続けていたあたしは、顔の筋のあちこちが痛くなった。

主水正も佐吉もいっぺんあたしの顔を見ているわけだが、そこは役者さね。しっかり顔を作り変えてあったから、この猿島でも一度会ったときに、バレるような気遣いはないよ。

ここまでの支度がすべて整うと、頭の中で当日の流れを、何度も何度も繰り返して詳しく考えた。

殺すその時その場を頭の中で思い描くと、気持ちがひどく昂ってくる。

五人の死にざまがまぶたの裏に浮かぶと心ノ臓が飛び出しそうになる。

木挽町の自分の家の寝間で、あたしは眠れぬ夜を過ごすことが多かった。

殺す順序も考えたさ。

浮舟、いや、タカはいちばん苦しめたかった。

目の前でたくさんの人が死んでゆく。自分がいつ殺されるかという恐怖に震え上がってほしかった。

大事な娘の梅は、タカの妬みで殺されたようなものだから。

次に苦しんでほしかったのは佐吉だ。

菊を不幸のどん底に突き落とした男だ。

この二人は徹底的に痛めつけてやりたかった。

だから、タカと佐吉には最後のほうまで生き残ってもらったというわけさ。

殺した佐吉を見ていたら、菊の言葉を思い出した。蛇のような目で睨まれて逃げ出せなかったって言葉をね。

急にムカムカときたんで、あたしは、匕首で佐吉の両の目ん玉をくりぬいてやった。

それで井戸へ叩き込んだのさ。そりゃあスカッとしたね。

実は林転入門入が最後になったのは計略の都合だった。毒酒で死ななかったのも手違いだった。

林をいちばん怖がらせようとは思っていなかったんだがね。だが、そのおかげで、林が詳しい手記を残してくれたのはありがたかったな。

とにかくめでたく菊と梅の仇は討てたってわけさ。

あたしにゃ、もう何にも思い残すことはない。


この手記を見つけて下さった賢いあなたさま。

どうか、浦賀の御番所にこの手記をお渡し下さい。

あたしが犯した五人殺しの罪をお役人さまにお伝え下さい。

そうすれば、松平玄蕃、柳生主水正、林転入門入、常磐屋夕カ、佐吉の五人が、どんな卑劣な生き方をしてきたかが、世間にひろまることでしょう。

これは駿河屋廣次、最後のお願いでございます。

第五章　残された謎

1

手記はここで終わっていた。

甚五左衛門が長く吐息をついた後に、ぽつりといった。

「なんといえばよいものか」

「たしかにな……。駿河屋には二十四年の積年の恨みがあったのだな」

「したが、五人を殺した後に、よくこれだけのものを書き残したな」

「仇を討ち終えて、これ以上ないくらいに気持ちは昂揚していたろう。疲れを感ずることはなかったはずだ」

「夢を果たせて、天にも昇る心地だったというわけか」

「暗い夢だがな……」

「考えてみれば、ずいぶんとつらい生き方だな」

甚五左衛門は感慨深げに息を吐いた。

「長い時を費やして、駿河屋は凶行の支度を整えた。たくさんの金を使ってね。手記にも少し触れてあったが、おそらく何度も何度も頭の中で凶行を繰り返したのだろう。仕掛けについては、実際に作ってみて、実地に試してみたに違いない」

「まさに執念だな」

「惚れた女と我が娘の二人を地獄に堕として、むごく死なせた者たちを許せなかった……駿河屋の気持ちは、わたしにはわかるような気がする」

「ああ、法の定めはともあれ、拙者も駿河屋を容易には責められぬ」

「誰も容易には責められまい」

「しかし、忍耐強い男だ。拙者ならこんなに長い間我慢はできないだろう。片っ端から斬り捨てようとするに違いない」

「そんな男だからこそ、奇怪で隅々まで念の入った凶行を成し遂げたのだ」

「まったく頭のいい男だ。それから驚いたのは、常磐屋の妾のタカだな」

「おや、そうかい」

「駿河屋とは馴染みだったわけだし、林転入門入も贔屓客だったのに、初めて会ったような顔をして平然としている」

「それぐらい肝が太くないと、呼び出しの花魁にまで上り詰めるのは難しいだろう」

「おお、怖わっ。まるで化け物だな。拙者は金輪際、遊里などには足を向けぬ」

「甚五左衛門は、登楼したことなんてあるのかい」

「おっと、痛いところを突かれた。気ままなおぬしとは違ってな、拙者たち直参は下手に遊郭などに足を向けると首に関わってくるんだぞ」

　甚五左衛門は首をすくめた後に言葉を継いだ。

「それにしても、なにゆえ駿河屋は手記を床下などに隠したのだ。すべてを知ってほしいなら、堂々と客間にでも残しておけばよかったではないか」

「やたらな者に見つけられたくなかったのだよ。その場で捨てられてしまうかもしれないからな」

「それで謎解きのできるような英明な者を待っていたというわけか」

「自分でいうのは口幅ったいが、そういう者だけの眼に触れてほしかったのだろう」

「大した自信だ」

「ところで、もうひとつわかったのだが、タカ以外の者は誰も駿河屋廣次の顔を知らなかった。玄蕃は十六の頃の顔は知っていたが、ほかの者は廣次に会ったことすらなかった。これが凶行には有利に働いたんだな」

「つまり、顔を知らぬ者に、殺されるほど恨まれている場合もあるということか……。恐ろしいな」

「気をつけろよ、甚五左衛門。おぬしも役儀の上で恨まれているやもしれぬぞ」

「じょ、冗談いうな。拙者はいつだって誰にだって親切きわまりないぞ」

文治郎のからかいに甚五左衛門は顔を赤くして胸の前で手を振った。

「ところで、なきがらをどうする」

「この温気(うんき)に放ってもおけまい。すべての凶行が駿河屋廣次の仕業とわかったんだ。島から対岸へ運び出して浜に並べよう。ま、すべては明日の手配になるがな」

「手記によれば、供の者が浦賀湊まで来ているようだな」

「ああ、少なくとも武家の三人とタカには供がいるはずだ。小者たちを湊にやって探させるよ。そこで、それぞれの供の者に引き渡そう。佐吉には供がいないはずだから、とりあえず龍本寺に頼むとするか」

「それがいいだろう。ところで、孫右衛門さんとお涼さんにここへ来てもらいたい」

「まだ、何かあるのか」

「あとひとつだけ、確かめておきたいことがあるんだ」

「まぁ、どうせ孫右衛門には、なきがらの始末で相談しなきゃならんのだ。下りて声を掛けてくるから、ここで待っておれ」

「頼んだよ」

しばらくすると、孫右衛門とお涼がそろって戸口に現れた。

なんと、大きな三毛猫が一匹、お涼の足元にからみつくようにして甘えている。もしかすると、かつお節刀を持ち去った猫なのかもしれない。顔のまわりなどに血は付いていなかったが。

「お涼さん。長い間待たせてすまなかったね。その……庭や表門で……平気だったかい。怖かったろう」

「平気です。舟を漕いでいて嵐や雷に遭うより怖いものはないです」

お涼は賢しげな目を光らせて、きっぱりといった。

「そりゃよかった。ひとつ聞きたいんだ。もしかするとお涼さんは、三日前の二十七日、この島へ人を乗せて運ばなかったかな」

「え……あたしがですか……」

お涼はとまどいの表情を浮かべた。

「涼、おまえそんな勝手なことをしたのか」

声を尖らせた孫右衛門を文治郎は制した。

「孫右衛門さん、叱らないでやって下さい。ここであなたに叱られると、わたしの問いかけにお涼さんが正直に答えられなくなる。これは大事な問いなんだ」

「はぁ……わかりました。涼、おまえ、三日前も島へ人を渡したのか」

「申し訳ございません」

お涼は意を決したように口を開いた。

「朝飯の後に、浜で編み干しをしていたら、男の人が来て島まで渡してくれって……」

「なるほど。それは武士かな、町人かな」

「お店者(たなもの)みたいな四十くらいの人でした。茶寮を掃除するからって……」

「やはりな。ところで、その男は朝来て夕方に帰ったのじゃないか」

「ええそうです。朝、島に渡すと、夕方迎えに来てくれって。はじめに吾作さんと安蔵に頼んでたんですけれども、二人とも怖がって逃げ出しちゃったんで」

「それで、お涼さんに頼んだんだね」

これは文治郎の勘が当たった。

駿河屋廣次が事前の支度のために島に渡るとしたら対岸の公郷村からだろうと踏んでいた。浦賀湊でうろうろしていると、掃除や買い入れのために先に着いている佐吉の眼に触れる恐れがあるからだ。

大祓以外の日に公郷村で舟を雇おうとしても、村人たちは渡島の禁忌を厭って断るだろう。ところが、お涼なら平気で渡船を請け負うと考えたのだ。

「ええ、一分銀を一枚下さったんで……」

「そんなに高い渡し賃をふんだくったのか」

ふたたび孫右衛門がきつい声を出すと、お涼は不満気に鼻を鳴らした。

「あたしがほしいっていったんじゃありません。あちらが下さったんです」

「どうか、孫右衛門さん、怒らないで下さい……これから二人のなきがらを見てほしいんだが、お涼さんが舟に乗せた人かどうかを確かめてもらいたいんだ。ちょっと血が流れているが……」

「あたし、魚の血で慣れています」

お涼は小さく笑った。

「愚か者。人の血と魚の血を一緒にするな」

孫右衛門が叱りつけると、お涼はちろっと舌を出した。

「まぁまぁ。じゃ、わたしの後に従いて来てくれ」

「はい、旦那さま」

文治郎は先頭を切って前庭に出た。お涼たちが後に続いた。

東端の井戸の前に行く。

「ちょっと怖いかもしれないけど……お涼さんが舟に乗せたのは、この人かな」

文治郎は、佐吉のなきがらを指さした。

「いいえ、この人じゃありません。こんなにがっしりした人じゃありませんでした」

両眼がくりぬかれた佐吉のなきがらにも少しも脅えるようすはなく、お涼はしっかりとした口調で即答した。

「もう一人、見てもらいたいんだ」

文治郎は『千歳』に、お涼を連れていって、駿河屋廣次のなきがらを見せた。

「この人はどうかな」

血だらけのなきがらを、お涼はものともせずにしばらく見つめていた。

「いいえ、背格好は同じくらいですけれど、この人じゃないです。もっと年取った感じで……白髪が多かったし、しわも深かったです。それに頰がもうちょっとふっくらしていました」

お涼は首を横に振った。

「そうか……わたしの考えは間違っていたのかな」

文治郎は肩を落とした。

「この人じゃありませんけど……」

お涼がためらいがちに言葉を発した。

「なにか見つけたのかい」

「はい。この煙草入れには、見覚えがあります」

お涼はなきがらの腰の煙草入れを指さした。

「間違いないです。あたし、とんぼ玉のかんざしがほしくて……浦賀で売っているんです。だけどとても手が届かなくて……で、一分も頂いたから、これでこんな素敵なとんぼ玉の付いたかんざしを買えるって思ったんで……」

「そうかっ。いや、ありがとう」

文治郎は思わずお涼の肩を叩いてしまった。

お涼はちょっと身を引いてから、あらためてほほえんだ。

「というとつまり、涼が二十七日に島へ渡したのは、駿河屋廣次ということか」

甚五左衛門が心から感心した声を出した。

「そうだよ。『高砂』の火の仕掛け、井戸のアマッポに似た仕掛け、厠の蜂の仕掛け。いずれも最後に仕掛けるのは容易だし時も要さないが、事前に入念な支度が必要だ。だから、駿河屋は佐吉より前に島に渡ってすべての仕掛けを用意したんだよ。おそらくは蔵にでも隠しておいたのさ。佐吉には蔵の鍵は渡していなかったのだよ」

「そういえば、林の手記に、駿河屋は浦賀湊から来たのではないと書かれていたな」

「ああ、鎌倉五山詣りをしたとあったが、きっと藤沢永勝寺の菊女の墓にでも詣でていたのだろう」

「そうか。菊の墓前で仇討ちの誓いでもしたのかもしれんな」

「あり得る。とにかく、ほかの者より早くこの公郷村にやってきて支度をした後に、二日間は近くの村にでも泊まっていたのだよ」

「すべての筋が通ったな」

甚五左衛門の声は震えていた。

「そういうことだ。これですべての札が揃った」

孫右衛門とお涼は顔を見合わせて目をぱちくりさせている。

すでに陽は斜めに射し始めていた。

「これで、お奉行に上申できる。謎が解けたからには、こんなところに長居は無用だ」

「引き揚げるとするか」

「文治郎のおかげで、役儀が果たせた。心から礼を申す」

甚五左衛門は文治郎の両手をとって頭を下げた。

「貧(ひん)の盗みに恋の歌」

いささか照れた文治郎は、独り言のようにことわざを口にした。

「ほう、おぬしの座右の銘か」

「いや、此度の一件で感じたことだ。貧しさに耐えられなくなれば盗癖のない者も盗みを働くし、恋に迷えば歌心のない者も歌を詠むという……」

「人という生き物は、追い詰められれば、どんなことでもするという意味だな」

甚五左衛門は、しきりとうなずいた。

「さればこそ……」

文治郎はゆっくりと言葉を継いだ。

「謎解く鍵は人の心よ」

「なるほど」

「怨みか、怒りか、それとも憎しみか、あるいは恐れなのか、凶行の裏には必ずや、追い詰められた人の思いがあるはずだ。それを見つめなければ謎は解けぬ。此度は廣次が詳しく書き残してくれた」

文治郎はしんみりとした声で言った。

「よい言葉を教えてもらった。与力たる拙者としては忘れるわけにはゆかぬ」

甚五左衛門は生真面目に顔を引き締めた。

「それにしても、なかなかおもしろい謎解きだったよ」

文治郎の言葉に、甚五左衛門は一転して笑顔を浮かべた。

「拙者は浦賀へ戻るが、文治郎、おぬしに美味いものを食わせたい。せめてもの礼だ。浦賀まで一緒に来てくれ。湊に上がった魚をたんと食わせるぞ」

「いや、わたしは金沢浦の『野島夕照』を見たいのだ……」

「今日はどうせ間に合わないだろ。そんなことを申すな。なぁ。涼、おまえ浦賀まで舟を漕げるな」

「もちろんです。浦賀湊へは始終行き来していますんで」

「では、孫右衛門を浜に渡した後、拙者と文治郎、いや、多田どのを浦賀湊まで送ってくれぬか」

「お安い御用でございます。浦賀と行き来してもまだ陽のあるうちに戻れますんで……旦那さま、よろしいですか」

「あたりまえだ。涼、しっかりおつとめするんだぞ」

「へぇ、おまかせ下さい」

お涼は明るい声で答えた。

「ちょっと待て。甚五左衛門、おぬし、何か魂胆があるだろう」

「疑い深い男だな……」

甚五左衛門はにやにや笑った。

「ちょっとした頼みがあるだけだ」

「さっさと申せ」

「いや、松平玄蕃、柳生主水正、林転入門入と三人の直参がここで殺された。しかも隠居とはいえ、玄蕃は五千石の大身だ。一連のことは、江戸の御目付に上申しなければならぬ」

「まぁ、そんな筋書きになるだろうな」

　旗本御家人を監視し不行跡を取り締まるのは、若年寄支配の目付のつとめだった。役高は千石で出世街道を歩いている利け者の旗本が命ぜられた。たしかに浦賀奉行は、此度の一件を目付に報告しなければならない。

「ははーん。わたしに上申書の下書きをしろっていうんだな」

「ま、そういうことだ。な、頼む。こんなこんがらがった話を、まとめ上げるのは、拙者には無理だ。なんなら、追加の礼金も出す」

　甚五左衛門は両手を合わせて、文治郎を拝む真似をした。

「おいおい、それは浦賀奉行所与力、宮本甚五左衛門どのの仕事だろ」

「冷たいことをいうな。こんな大ごとは、お役について初めてなんだ。ことがことだけに、ヘマをやるわけにはゆかぬのだ。な、友垣ではないか」

まことに身勝手な甚五左衛門のいい分だが、文治郎は取引を持ち出すことにした。

「ひとつ頼みがある」

「なんだ。この際だから、何でもいうことを聞くぞ。金は貸せぬが」

「さようなことではない。林と駿河屋が残した手記の話だ。むろん浦賀奉行に呈するのだろう」

「あたりまえだ。たぶん江戸の御目付にも出さなければならない」

「その前に、わたしに写本を作らせてくれまいか」

「なんだ。そんなことか。上申書と写本、ふたつの仕事が終わるまではいつまでも浦賀に留まってくれ」

「おぬしの屋敷に泊めてくれるか」

「広くはないがおぬしを泊める部屋くらいはある。どうせ拙者は独り者だ」

「与力さまのお屋敷だ。わたしの長屋とはケタ違いに広いだろう。頼んだぞ」

「よしっ、これで決まりだ」

甚五左衛門は妙にあらたまった顔つきになった。

「さて、孫右衛門。おぬしに申し渡す儀がある」

「はい、何でございましょうか」

孫右衛門は緊張した顔つきになった。

「この猿島で見聞きしたことは、断じて他言してはならぬ。また、浦賀奉行以外の問い合わせには、なにひとつ答えてはならぬ。そもそも、猿島で人死にがあったことは噂にも上らせてはならぬ」

「心得ております。また、村の者たちにも堅くいい置きますのでご懸念なさいますな」

「しかと頼んだぞ。さっさとこんなところは出よう。臭くてかなわん」

甚五左衛門が先に立って『千歳』を出ると、空は当たり前のように青くひろがっている。

「すべては人の業だな……」

文治郎はつぶやいていた。

「業ね……人は業の深い生き物だからな」

「業が五人の者に非道な行いをさせて、駿河屋廣次を責めさいなんだ。廣次の業が五人の者を殺したんだな」

大谷廣次の業が散じて血みどろとなったこの猿島から、ようやく出ることができる。
青空に一羽のトビが、輪を描いてのんびりと飛んでいた。
我が心が重苦しいものから解き放たれるのびやかさを、文治郎は全身で味わっていた。
石段を降り始めると、眼下に望む内海が文治郎の両の眼に痛いほど沁みた。
波の上を渡ってくる涼風が、頰にさわやかに当たった。
文治郎はのびやかな気持ちで、大きく息を吸い込んだ。
潮の香りが心地よく胸に沁み込んでいった。

2

旅姿の宮本甚五左衛門が、柳橋の文治郎の長屋を訪れたのは、中秋の名月の日だった。
戸を開けると、目の前の神田川が赤く染まって静かに流れている。後ろには夏に公郷村の浜で見かけた小者のうちの一人が控えている。

「一別以来……あのおりは世話になった」

役所の用事で江戸へ上ったついでに、夏の猿島での礼でもいいに来たのかと思ったが、甚五左衛門は疲れ切ったようすで顔色も青黒く沈んでいる。

「まぁ、上がってくれ」

小者を戸口に待たせたまま、甚五左衛門は中へ入った。

白湯を飲み干すと、甚五左衛門は苦しそうに口火を切った。

「大番狂わせがあったんだ」

「なんだって。わたしが考えた筋書きに誤りがあったと申すのか」

甚五左衛門は首を振った。

「いや、一連の殺しについては浦賀のお奉行もお認めになったし、目付方でも異を唱える者はいなかったそうだ」

「じゃいったい何がいけないというのだ」

「肝心の兇徒だよ」

「駿河屋じゃなかったのか」

続いて甚五左衛門の口から出た言葉は、文治郎がまったく予期せぬものだった。

「二代目大谷廣次は、凶行の一月近く前に死んでいたんだよ」

「なんだってっ」

文治郎の叫び声が障子に響いた。

「水無月二日に病で死に、とっくに野辺送りも済ませていた。だから、あの猿島で死んでいた男は二代目大谷廣次じゃないんだ」

「そんな馬鹿な……」

文治郎の声はかすれた。

「実は御目付では此度の一件をきわめて重く見て、念を入れて内々に調べることとなった。何せ、隠居とはいえ、五千石の大身が関わっている。しかも、役者風情に殺されたとあっては、大河内松平家に連なる名家の改易につながる恐れのある案件だ」

「うむ、その調べの中でわかったことなんだな」

「ああ、今日、呼び出しを受けて、営中で御目付から、調べの結果を伺ったのだ。松平玄蕃、柳生主水正、林転入門入の三人の直参が、いずれも水無月の終わりから行方知らずになっていることも間違いはない。どの家からも、いまだ死去の届け出は出されていないのだが……」

武士が死んだ場合には公儀に届け出をして家督相続などの手続きを取らなければならない。しかし、当節はさまざまな事情から、届け出が遅れる事例が後を絶たなかった。

松平、柳生、林の三家では、当主のあまりにも不名誉な死にざまに、これをどう扱っていいかわからずにあたふたしているのだろう。

「されど、二代目大谷廣次は死んでいる。これでは文治郎の書いてくれた上申書は、公の文書として通るはずもない」

「けれども、この手記がはっきりと……」

文治郎は左手に持った駿河屋手記写本を右の掌で叩いた。

「その手記を書いた者、つまり兇徒は、大谷廣次を名乗る別の者と御目付では考えているようだ」

「わたしには信じられぬ」

文治郎はきっぱりといい放った。

「いいかっ、大谷廣次の死は間違いがないのだぞ。それを」

まくし立てる甚五左衛門を手で制して、文治郎は静かに言葉を続けた。

「あの手記は、不幸な人生を送った廣次自身が綴ったものとしか思えぬ。過去のさまざまな苦しみが墨跡ににじみ出ている。さらに凶行を犯した水無月二十九日でなければ書けないことが記されているんだ」

文治郎は写本を開いて、甚五左衛門に見せた。

「おぬしの墨跡を読み取る力は、この前のことでよくわかっている。したが、廣次が水無月二日に死んだこととは、はっきりと矛盾するではないか」

「ま、この写本では墨跡はわからぬが……まだ、見落としがあるんだよ」

「猿島のときもそういってたな」

「ああ……きっと何かを見落としているんだ。ところで、目付では誰がこの件を扱っているのだ」

「稲生下野守正英（いのうしもつけのかみまさふさ）さまだ。三河以来のお家柄で石高は二千石。武州坂戸の多和目（たわめ）に御料地をお持ちだ。当年四十二で、なかなかと冴えたお方だ」

「わたしの話をしたか」

「詮方ないだろう。おぬしに謎解きを頼んだ話をした。そればかりか、おぬしの手柄を述べ立てたよ。仕官にでもつながればよいと考えたんだが、まったく逆の話になってしまった」

甚五左衛門は肩をすぼめた。

「まぁいい。わたしは浪人だ。目付に睨まれようが、どうということはない。それにいまのところ仕官する気はない」

「それを聞いて安堵した」

「今夜は泊まって行けよ。謎解きを続けようじゃないか」

「されど、供を連れているし、ここでは……」

甚五左衛門は部屋の中を見廻して言葉を濁らせた。土間のほかに六畳一間では、大の男が三人寝ればせせこましい。

「そうだな。ここではお供を泊める場所はないな……じゃあ、まぁ一杯やろう。酒は買ってあるし、近所の魚屋から何か届けさせる」

「軽く一杯やるか。供を魚屋に行かせるよ」

「じゃあ、すぐ角の魚屋で目地マグロでも戻りガツオでもあつらえてもらおうか」

すぐに小者は帰ってきた。

刺身におろしてもらったカツオの皿を載せた膳を前に、文治郎と甚五左衛門は盃をやりとりし始めた。

軽くやるといいながら、甚五左衛門はぐいぐいと酒をあおる。

せっかく来てくれたのだから、たくさん飲んで貰いたいところだが、買い置きの酒には限りがあった。

「おい、五合しかないからな」

「ははは、ゆっくりやるよ」

言葉とは裏腹に、甚五左衛門は遠慮なく盃を干した。

「お供さんもこっちへお上がりなさい」

「いや、あっしはここで頂いておりますんで」

小者の捨蔵は遠慮して座敷には上がらずに土間で飲んでいた。

「そうそう。いい忘れていたが、あの後のなきがらのことだが……」

盃を突き出す甚五左衛門に、文治郎はやむなく徳利を傾けた。

「翌日、村の者たちに浜へ運ばせ、用意させた早桶に入れた。六人ともあまりにむごい死にざまなんでね」

「縁辺の者たちは見つかったのかい」

「ああ、みな浦賀の宿に泊まっていたので、その日のうちに集めることができたし、なきがらも引き取らせた。だが、佐吉はもちろんのこと、タカのなきがらは引き取り手がなかった」

「常磐屋は、タカが自分の妾であることをとぼけたんだな」

「そういうことだ。タカは表向きはお針の師匠と名乗っていたようだからな」

「じゃあ、龍本寺に葬ったのか」

「そういうことだ。武家三人と違って、こちらの二人の件はこれっきりだ」

「町人の生命は軽いな……」

文治郎がつぶやいたときである。

「頼もう」

なんとなく威厳のある声が戸口に響いた。

「客が来るはずはないんだが……」

文治郎は首を傾げながら表へ出た。

福井町の屋根波の向こうに上った望月が、訪客の姿をはっきりと映し出していた。

七曜紋の黒紋付きに袴を着けた立派な風体の武士が一人立っている。

「こちらは多田文治郎どののご住居でござるな」

四十年輩と見える武士は、低い声でやわらかく尋ねた。

「さようです。わたしが文治郎ですが……あなたさまは……」

色白で鼻筋が通り、見るからに品のよい武士にはまったく見覚えがなかった。

「失礼した。身どもは……」

武士が名乗りかけたとき、背後から甚五左衛門が飛び出してきた。

「こ、これは、下野守さま」

甚五左衛門は深く身体を折って小さくなった。

「あ……」

文治郎は驚いて声を失った。

なるほど、澄んで鋭い両眼は、清廉潔白が要される目付役にふさわしい。

「おお、宮本どの。やはり、そこもとはこちらだったか。先ほどは大変に苦労願った」

武士は親しげな声を出した。

「稲生下野と申す。多田どのには格別にご昵懇に願いたい」

正英は浪人の文治郎相手に丁重にあいさつした。如才ないところも持ち合わせた人物のようである。

「まことにむさ苦しいところで、御目付どのをお迎えできるような家ではありませんが……」

あいさつを返すと、正英は鷹揚（おうよう）に掌をひらひらさせた。

「あ、いや……。本日は微行（しのび）ゆえ、ご会釈は無用に願いたい」

後ろには供の小者が二人しかいない。二千石なので、登城下城なら供揃えは少なくとも十人くらいはいるはずである。本来は騎乗であるべきだし、供の数もこれでは百石以下の御家人並みである。まったくの微行なのだ。

「立ち話もなんだから、ちょっとだけお邪魔しよう」

「さ、さ、どうぞ。本当に汚いところですが」

「いやいや、一向にかまわぬ」

正英は土間に入り、さっさと座敷に上がってきた。まさか甚五左衛門と食べていた刺身を出すわけにもいかず、文治郎は白湯だけを出した。

「実は浦賀奉行よりの上申書を読ませて頂いた。此度の多田どののお働きにはまことに感じ入った。難解きわまるあの一件を、見事に解きほぐされて白日の下に明らかにされた。これはまさに『大学』にいう『知を致すは物に格るに在り』の教えの実践にほかならぬ。多田どのが、広く事物の道理をきわめ、正しい知を常に求めておられることの証しでござるな」

大仰なほめ言葉に世辞とも思ったが、正英の顔はきわめて真面目なものだった。

「いや、そんなたいそうなものじゃありません。わたしはただ物好きなだけなのです。日々、無為徒食をしております」

まわりからはいつもぶらぶらしているように思われ、容姿以外にあまりほめられることのない文治郎だった。

「ご謙遜なさるな。どんな方かと宮本どのに聞けば、まだ若き学究の徒とのこと。一度、お目に掛かりたくてな」

「こんなぼろ屋にまで、お運び頂き、まことに恐れ入ります」

「まったくです。こんな小汚い長屋に……」

「それはわたしの言葉で甚五左衛門がいうことではなかろう」

「あっ、すまぬ」

「ははは、二人は長年の友垣だそうだな」

正英は真面目な顔に戻って言葉を継いだ。

「さらに、そこもとは隠された兇徒の大谷廣次の手記さえ見つけられた。なにゆえ廣次が五人を殺めるような大それた真似をしたのか。全容が明らかになった」

「そのことですが、廣次はすでに死んでいたとの話を、いま宮本より聞き、驚いていたところです」

「そこでだ。足労を願いたいのだが」

「はぁ、何か思し召しが」

「うむ。実は身どももあの手記を書いた者の正体を知りたい。そこで、これより今戸までご同道願えまいか」

「これから今戸へですか」

「廣楽寺という浄土真宗の寺なんだが、この寺に大谷廣次が埋葬されている」

「え……では、墓を……」

文治郎は、まじまじと正英の顔を見た。

「さよう。掘り返す」

正英はきっぱりといった。

「それはずいぶんと思い切ったことを」

甚五左衛門は声をかすれさせた。

「此度の一件はまことに扱いが難しい。少なくとも兇徒が何人であったのかを目付としては正しく知らねばならぬ。身どもは、大谷廣次以外に兇徒はいないと思っている。その考えが正しいか否かを是が非でも知りたいのだ」

「つまり、大谷廣次は廣楽寺には眠っていないとお考えなのですね」

「多田どのも、そう考えているのではないか」

「実はそうなのです」

「やはりな。では、たしかめに参ろう。もし、そこに廣次のなきがらがあれば、死者に礼を失することになるとは思う。したが、役儀ゆえやむを得ぬ。寺には話を通してあるし、人足の手配も済んでいる。気が進まぬか」

「とんでもありません。わたしも儒学の徒。なんで墓など恐れましょう」

「なるほど『招魂再生(しょうこんさいせい)』を重んずるわけだな」

儒学は人の死について「招魂再生」という考えを重んずる。人は「魂(こん)」(精神)と

「魄」から成り立ち、ふたつが分かれたときが死であり、両者が合わさると生が戻ると考える。そこでは、むろん、怨霊などが存在する余地はない。

だから、文治郎は、猿島でも祟りなどという馬鹿馬鹿しい声は、初めから無視していた。

「その魂も魄も見たことがありません。恐れる要もないでしょう」

「『論語』にいう『未だ生を知らず、いずくんぞ死を知らんや』の理だな」

弟子の子路から死について尋ねられた孔子は「生のことがわからないのに、死のことなどわかるものか」と答えた。

話の途中に『大学』や『論語』を持ち出してくる生真面目な正英に、文治郎はいささか面はゆいものを感じた。

自分は洒落本なども書いている男だ。正英から見たら、ずいぶんと下等で俗悪な男と映るのではないか。

正英が先に立ち、文治郎は長屋を出た。

文治郎、正英と甚五左衛門、両者の小者のあわせて六人は、望月に照らされた大川沿いの夜道を北へ向かって歩いた。

　今戸は浅草寺の少し北にある。廣楽寺まではたかだか半里の道のりしかなかった。四半刻ほどで一行は大川端に近い小さな山門をくぐった。

　庫裏を訪ねると、墨染めの衣をまとった、人のよさそうな中年の住職が出てきた。

「これはこれは、お役目ご苦労さまでございます」

「ご住持、重ねてのお願いでござるが、今宵がことはすべて内聞に願いたい」

「はい、もうどうぞご懸念下さいますな」

　旗本の来訪に恐れ入ったようすで、住職は恭敬な態度で裏の墓所に案内してくれた。

　川風にそよぐしだれ柳を越えると、青い月光に、数十基の墓石が黒々と浮かび上がった。

「二代目大谷廣次さんのお墓は、こちらでございますな」

　命日から四十九日をそれほど過ぎていない。当然ながらまだ墓石は建てられていなかった。

　土まんじゅうの上にひと束供えられている菊花が目を引いた。

「誰が墓の面倒を見てるのでしょうかね」

　文治郎が訊くと、住職は淡々と答えた。

「ご家族はいらっしゃらないようで、お弟子さんが面倒を見ておられます」

「そうだ。おかみさんは娘を連れて出ていってしまったんだったな」

手記に書いてあったことを文治郎は思い出した。

「では始めてもらおうか」

「へいっ」

正英が命ずると、控えていた二人の人足が鍬（くわ）を振るい始めた。

すぐに早桶のふたが姿を現した。

「開けまする……」

えんま（やっとこの一種）で釘を引き抜く人足の手が震えている。

文治郎の足も震えた。

腐って白骨化しかけた大谷廣次のなきがらが現れるのか。

それとも何も入っていないのか。

文治郎はつばを飲み込んで、ふたを見つめた。

かたわらに立つ甚五左衛門の喉もゴクリと鳴った。

メリメリという音が響いてふたが開いた。

文治郎も正英も甚五左衛門も、いっせいに中を覗き込んだ。

月光に照らされて、なにか灰色っぽいものが浮かび上がってきた。

「うわっ」

文治郎は反射的に身を反らした。

「空ではないな……」

乾いた正英の声が響いた。

かび臭い。だが、腐敗臭は襲ってこない。

すでに白骨化しているのだろうか。

「これは……」

正英は息を呑んだ。

青い光に照らされたそれはなきがらではなかった。

早桶の中に手を突っ込み、正英は自ら中身ををつかみ上げた。

「砂袋がいくつも入っている」

二升ほどが入るわらの袋だった。

「やはり、ここに大谷廣次は葬られていなかったのだな」

正英は感慨深い声を出した。

「そうですね……廣次は水無月二日には死んでいなかったのですね」

仮説が目の前で正しいとわかって文治郎も感慨深かった。

「どう思われる。多田どの」

「いまお考えになっていることとまったく同じだと思います」

「いや、そこもとの口から聞きたい」

「考える余地はないでしょう。駿河屋大谷廣次は、死んだフリをしたのですよ。猿島の時と同じく」

「駿河屋は、猿島でもさようなカラクリを用いたのだったな」

「猿島の死んだフリとは違って、こんな大がかりなことは廣次一人の力では無理です。きっと誰か手伝う者がいたはずです。そもそも死んだとまわりに信じ込ませるために医者も抱え込んだのでしょう。すべて金の力なのかもしれませんが……」

「なんで、葬式まで出したんだ。その後の自分の動きを隠すためか」

甚五左衛門が首をひねった。

「いや、それもないわけではないだろうが、駿河屋には守りたいものがあったんだよ」

「詳しく聞かせてくれ」

「大谷廣次は自分の生命を懸けても五人に仇討ちがしたかった。ただ、生命は捨てても捨てられないものがあったのです。いうまでもなく『助廣次』とまでいわれた役者としての自分の名跡(みょうせき)です」

「廣次は自分の役者としての名に傷をつけたくなかったのだな」

正英は深くうなずいた。

「そういうわけです。猿島に手記を残し、己の罪を明かしたのは、取りも直さず五人の非道な行いを世間に知らしめたかったからです。しかし、それでは大谷廣次の名は兇徒として残ってゆく。だから、廣次の名を騙った別人が犯した凶行としたかったのです」

「虎は死して皮を残す。人は死して名を残す。人気役者か五人を殺めた兇徒か。その違いは大きいな」

「でも、わたしは名など残したくはないなぁ」

これは文治郎の本音だった。日々ただ物好きに生きているのが楽しかった。

「身どももさようなことには関心がない」

「石高八十石の拙者に、そもそも名などあるはずもないです」

しばし三人は笑い合った。

「でも、それだけではないと思います」

「ほう、まだ何かあるのか」

「愛憎や嫉妬などの人情は誰しも自分ひとりのものです。二代目廣次は己の愛憎のためにすすんで生命を捨てた。しかし一方、世間に通った名というものは自分だけのものではない。死に臨んで名に傷がつけば、残された者が困ります」

「ふむ、二代目廣次が兇徒となれば、大谷廣次の名跡はつぶされて三代目を継げる者はいなくなる。大谷廣次の名跡は檜舞台から永久に消えてしまうな」

「喧嘩して飛び出したにもかかわらず、後に迎え入れ、二代目を許してくれた初代の大谷廣次に対して申し訳ないという気持ちもあったでしょう。また、残された門人たちに迷惑を掛けるという懸念もあったはずです」

「廣次の覚悟がよくわかった」

「できれば、その覚悟、無にしたくはありませんね」

名跡を守りたいという、二代目廣次の最後の願いを聞き届けてやりたい。しかし、それは目付としての正英が決めることで、文治郎が口を出すべき話ではなかった。

正英は答えを返さず、難しい顔でしばし口を引き結んでいた。

「おい、棺(ひつぎ)のふたを元通りにして埋め戻せ」

口を開いた正英が人足たちに命じた。

「へいっ、ただいま」

人足たちが金槌(かなづち)で釘を打ち直す音が月光の射す墓地に響いた。いくらも時を要さずに、廣次の墓はもとのかたちに戻された。

「ところで、ご住持。二代目大谷廣次の弔いは役者だけに華やかなものだったのであろうな」

「いえ、それが……なんでも性質(たち)の悪い流行り病で亡くなったということで、ほんの三、四人がご会葬になっただけで」

住職の答えは、文治郎たちの考えを裏付けるものだった。

「やはりな……ご住持、重ねての話で恐縮だが、今宵がことはかまえて他言せぬよう。しかと心得よ」

「はい、決してもう間違いはございませぬ」

住職は小さくなって答えた。

「冷えてきたぞ。帰り道で夜鳴きそばの屋台でも見つけたいな」

甚五左衛門が肩をぶるっと震わせた。

冷え込みが地面から草履の裏に伝わり始めていた。

「身どももご相伴にあやかりたいものだな」

「これは失礼をば。下野守さまのようなお方にお召し上がり頂くようなものではございません」

「何を申す。身どもとて腹から身体を温めたいぞ」

「吾妻橋のたもとあたりまで下れば、きっと屋台を出している者がありますよ」

夜鳴きそば屋やうどん屋なら、文治郎がいちばん詳しい。

「では、そばを楽しみに歩こう」

墓を離れ、住職に礼をいって、文治郎たちは廣楽寺を後にした。

大川端に出ると、不思議な光景が文治郎の目を奪った。

川面（かわも）に湧いた濃い霧に月光が当たって、薄黄色に光って舞っている。

「おお、これは見事だな」

正英は立ち止まって大川を見やった。

「急に冷え込みましたからね」

甚五左衛門は肩を震わせながら川を見ている。

「まるで、仙境にいるようだな」

「わたしは大川端近くに住んでいますが、こんな見事な、しかも月夜の川霧は初めて見ました」

「もしかすると、すべての謎を解いた我々に、二代目廣次の魂(こん)があいさつに来たのかもしれぬ」

「下野守さま、そんな不思議なことがこの世にあるのでしょうか」

甚五左衛門は生真面目に訊いた。

「ははは、冗談だ。さ、そば屋を探そう」

ふたたび正英は歩き始めた。

川霧はまるで生き物のように刻々とその形を変え、音のない舞いを続けていた。

それからちょうどふた月経った。

神無月の満月の夜、文治郎は稲生下野守の屋敷に呼ばれた。

外へ出ると、江戸の夜空は澄み渡り、丸い月が神田川の水面に揺れていた。

稲生家屋敷は、柳橋の文治郎の家から神田川を一里ほどさかのぼった小石川にある。

水戸家上屋敷の西側の河岸で、旗本屋敷を二軒隔てた向こうに江戸川が流れ込んでいるあたりだった。

書院上の間に通されると、正英はくつろいだ部屋着ですぐに現れた。

「これは、多田どの。呼び出して申し訳ない」

「お招きに預かりまして恐縮です」

「今宵の望月は、十五夜より冴えているであろう」

「仰せの通りですね」

秋も深まり、気が澄んでいるためか、中空の月は、廣楽寺の墓に行った十五夜よりもずっと明るく輝いていた。

「一人で飲んでいてもつまらぬ。急にそこもとの顔が見たくなった。許せよ」

「とんでもありません。お目に掛かれて嬉しいですよ」

濡れ縁の向こうの中庭には、背の低い老紅葉が何本か植えられて、黄色から朱に移り始めた葉を月光が照らしていた。小さな泉水に流れる水音が耳に心地よく響く。

二人の小姓が黒漆塗りの膳を運んできた。

「ま、一献参ろう」

「頂戴します」

盃のやりとりが進んで、文治郎の身体もほどよく温まってきた。

「松平駿河守信望は九月四日、柳生主水正久隆は九月九日、林家七世転入門入については九月二十三日」

とつぜん、正英が口火を切った。

「家族より病死の届け出があって、それぞれの支配役が受理した。すでに家督相続の手続きに入っている」

三家は平穏無事に続くということだろう。

「あとの三人、すなわち大谷廣次とタカ、佐吉についてはどうなりました」

「もとより我ら目付のつとめの外にある話だ」

「兇徒も死んでいる上に、家族も名乗り出ない。いまさら浦賀奉行も調べ直したりしないでしょうね」

「ま、そうであろうな」

正英は徳利を差した。

五人の非道が世に広まることは永久にない。だが、正英の力で二代目大谷廣次の名跡は守られた。廣次のふたつの願いは、ひとつはかなえられたのだ。

公の場で役者として出世して陽の当たる道を歩きながら、私には癒えぬ心の傷を抱え続けて生きた二代目廣次の生涯が、文治郎の胸に切々と迫った。

「葬式の前後や墓に葬られたあたりで、手伝った者はどこの誰だったんでしょうね。あるいは別れたというおかみさんか、それとも門人なのか……」

「多田どの」

眉間にしわを寄せて正英は厳しい声でさえぎった。

「いずれも当方のあずかり知らぬことだ」

急に表情をやわらげ、正英は片眉をひょいと上げた。

「ああ、そうでした……いや、この栗とかしわの煮込みは美味いですね」

文治郎はあわてて話題をそらした。

粘り気のある栗は、ちょうどよいゆで加減だった。醤油の香ばしさと鶏肉の旨味が栗の甘みに溶け込んで、絶妙の味わいを醸し出していた。

「ともに領地の多和目から取り寄せたのよ」

「わたしは運がいいですな」

「なに、そこもとに食べてもらいたくてな」

「わざわざですか。それは嬉しい」

「喜んでもらえて何よりだ。不老不死の太歳は用意できなんだがな」

冗談めかして正英は言った。

「いやいや、わたしは太歳などというものは食したくはありません」

「ほほう、そうか」

正英はやわらかな笑みを浮かべた。

「生命には限りがあるからこそ愛おしいのです」

「さらに生命には限りがあるゆえ美しいのであろう」

「仰せの通りです……だから紅葉を照らす今宵の月も心に沁みまする」

己の生命を懸けて仇討ちを果たした廣次も、きっと太歳など食したくはなかったろう。

文治郎は中庭へ目をやった。

空高く輝く月はいよいよ冴え渡ってきた。

さわやかな風が吹き始めている。

風に移ろう色とりどりの紅葉が、仏堂の天井を飾る天蓋から吊された瓔珞や幢幡の金飾りにも思えた。さやさやと黄金色の板がぶつかり合う音が聞こえてきそうだった。

（稲生さんと月見酒を飲む今宵のひとときもまた一期一会だ）

雁の群れが神田川の空を西へと飛んでゆく。

「白雲に羽うちかはし飛ぶ雁の　数さえみゆる秋の夜の月、といった風情だな」

正英が古今集の歌を口にした。

「まさしく古歌の通りの良夜ですね」

文治郎は名もなく、係累もなければ、宮仕えもしていない。

明日の暮らしにはいつも不安があるが、どこまでも気ままな身の上だ。

だからこそ、業にとらわれることもなく、静かに秋の夜長を味わえる。

そんないまの幸せを、文治郎はつくづくと噛みしめていた。
雁の群れは、ひと声鳴き声を残して群雲の漂う西空の彼方へと飛び去って行った。

拾遺（しゅうい）

宝暦七年六月二十九日、相州猿島に没した者たちについて、いまに残る記録は次の通りである。

松平駿河守信望（玄蕃）
宝暦七年九月四日死去。享年八十四。武蔵国新座郡野火止の臨済宗平林寺（へいりんじ）に葬られた。

柳生主水正久隆
宝暦七年死去。享年三十四。家督は長男の久通（ひさみち）が継いだ。父の久寿は四年後の天明元年まで生きた。

林家七世転入門入
宝暦七年九月二十三日死去。享年二十八。跡目を定めないままで没したために、林家は、本因坊家五世である道知（どうち）の門下、井田祐元が八世祐元門入（ゆうげんもんにゅう）として跡式相続した。

二代目大谷廣次

宝暦七年六月二日死去。享年四十一。大谷廣次の名跡は、二代目大谷鬼次（おにじ）を名乗っていた門人の米山徳三郎が継いで三代目となった。二代目廣次の娘は、後に初代尾上菊五郎の後妻に入って二代目菊五郎を産んだ。

この作品は書き下ろしです。

猿島六人殺し(さるしまろくにんごろ)

多田文治郎推理帖(ただぶんじろうすいりちょう)

鳴神響一(なるかみきょういち)

平成29年12月10日　初版発行

発行人――石原正康
編集人――袖山満一子
発行所――株式会社幻冬舎
〒151-0051東京都渋谷区千駄ヶ谷4-9-7
電話　03(5411)6222(営業)
　　　03(5411)6211(編集)
振替00120-8-767643
印刷・製本―株式会社 光邦
装丁者――高橋雅之

幻冬舎文庫

ISBN978-4-344-42678-8　C0193　な-42-1

幻冬舎ホームページアドレス　http://www.gentosha.co.jp/
この本に関するご意見・ご感想をメールでお寄せいただく場合は、
comment@gentosha.co.jpまで。